绿墙边，花未眠

闫荣霞 邢万军 编著

北方文艺出版社

图书在版编目（CIP）数据

绿墙边，花未眠/闫荣霞，邢万军编著.——哈尔滨：
北方文艺出版社，2018.8
　ISBN 978-7-5317-4220-3

　Ⅰ.①绿… Ⅱ.①闫…②邢… Ⅲ.①散文集–中国
–当代 Ⅳ.①I267

　中国版本图书馆 CIP 数据核字（2018）第 049496 号

绿墙边，花未眠
LVQIANGBIAN HUAWEIMIAN

编　者/闫荣霞　邢万军

责任编辑/路　嵩　富翔强	装帧设计/朗童文化
出版发行/北方文艺出版社	网　址/www.bfwy.com
邮　编/150080	经　销/新华书店
地　址/黑龙江现代文化艺术产业园D栋526室	
印　刷/廊坊市国彩印刷有限公司	开　本/880×1230　1/32
字　数/160千	印　张/8
版　次/2018年8月第1版	印　次/2018年8月第1次印刷
书　号/ISBN 978-7-5317-4220-3	定　价/32.00元

编者的话

我们身处一个经纬交织的复杂世界。行走的过程中,很多时候,也许就把心灵忽视了。但是,又做不到完全的忽视,因为在追求外在世界的时候,会莫名地觉得忧伤和失落,会问:

"我是谁?"

"谁是我?"

"我在哪里?"

"我在做什么?"

"我想要什么?"

"我遗忘和失落了什么?"

"何者为丑,何者为美?"

那就是我们的心灵在执着地唱歌。所有的歌声,主题只有一个,那就是"感觉"。

我们大多数人都不爱护自己的感觉,小时听父母的,当学生听老师的,工作了听领导的,成家了听爱人的,老了听孩子的,空虚的时候听不知道什么"大师"的,结果自己明明有感觉的,却都给贬成错觉。所以很多人迷惘如孩童,不知道自己到底想要什么,也不知道自己小小的心灵,有着怎样一个微观而丰富的世界。

那么，这套"心灵微观"丛书的作用，就是希望读者从现在开始，直面自我，多听听自己的声音，多尊重自己的感觉：你会发现，原来你的心灵如此鲜明而生动。它在街边飘过的一首歌里，怀抱的小娃娃的一声欢笑里，开河裂冰的一声咔啦啦的巨响里，森林的阵阵松涛里。它在人们的笑脸上，一个电影里，一篇文章里，一个新交的朋友坦诚的双眼里。它使我们领略生之美好，收纳生之快乐。

编者历时数载，定向收揽如知名作家朱成玉、周海亮、澜涛、凉月满天、顾晓蕊、吕麦、安宁、古保祥、崔修建……以及新秀作者的优秀作品，以期不同的作者以不同视角，表达自己最真切的想法、念头和感触，剖析自己的心灵，以此为引，希望读者朋友也对自己的心灵细剖细析，细观细察，深入认知，深切会合，于细微处得见心灵的宏大愿景，从而不忘初心，砥砺前行，欣赏美好，过朴实而欣悦的一生。

这，就是编者的初心。

"心灵微观"丛书共有六册，其中《不负人生不负卿》以"感情"为切入点，讲述了"爱"是怎么一回事。想要去爱人是人的天性，想要被人爱是人的本能。是的，谁都会有生命的极夜，觉得一路上无星无月，无路无爱。但是不要紧，一分一秒挨过去，咬牙任凭痛楚凌迟。世间万物都会辜负，唯有流光不相负。迟早它会把你的痛冲刷殆尽，哪天想起来，也只余下淡白的模糊影子，那是你一个人的伟大胜利。而转头处，你会发现，原来一直有人在深深地爱着你。

《平凡不可贵,最怕无作为》以"事业"为切入点,讲述了我们的艰辛奋斗,艰难成功。奋斗到后来,你会发现,任何难题都不是难题。挑战是给你机会去战胜挑战,艰难是给你机会走出艰难,困境是给你机会让你成长到足够翻转困境。只要转换视角,就能翻转命运。

《所有的命运都是成全》以"命运"为切入点,讲述了非常玄奥的"命运"是什么东西。命运能是什么东西呢?它是生命,是际遇,是曲曲折折的前进,是寸步不肯移的守候,它是一切。际遇如火,骄傲如金。珍而重之地对待生命,不教时日空过,无论怎样的波峰浪谷,都无损于我们自己的骄傲。遇吉不喜,遇凶不怒,坦坦荡荡,宽宽静静中,一生就能这么有尊严地过去了。

《苦如蜜糖,甜是砒霜》以"苦难"为切入点,讲述了人人望而却步却人人都有可能经历的"苦难"。这个光鲜靓丽的世界上,这么多光鲜靓丽的人,都包裹着一颗拼命挣扎的心。没有谁真正潇洒,大家都不轻松。也许困顿是良机,因为障碍越多,被跨越的障碍越多。不必被愤怒和悲伤蒙住了眼,假如退开来看,说不定能够看出命运的线正从彼处发端,要给你织成一幅美丽的锦缎,只要你给它时间。不如一边整小窗,一边倚小窗,一边买周易,一边读周易,一边挖池塘,一边坐池塘,一边养青蛙,一边听蛙叫,心头种花,乐在当下。

《绿墙边,花未眠》以"美好"为切入点,细细描绘了生命中的美好片断和美好场景,动荡人生中的稳静光阴。生命是需要稳和静的，如同篱落间需要点缀一点两点小黄花；就像《红楼梦》里的大观园，有那样金粉玉砌的所在，就有稻香村这样的幽静之所可以养静，可以读书，可以于落雪落雨之际，去品生命况味。

　　《昨日不悔，明日不追》以"赤子之心"为切入点，与读者一起，重觅本心，重拾美好华年。"归去来兮，田园将芜胡不归？"现代人没有陶渊明的幸运，不是所有人在厌倦了都市生活后，都可以有一个田园迎接自己的归来。实在没办法的时候，我们可以在心里给自己营造一个独属于自己的田园，那里有如烟蔓草，有夕照，有落英。

　　一个人，生活在一片破落的村庄，隔着一条大河，有一个仙境一样美的地方，那里整日云雾缭绕，太阳一出，云雾散去，鳞次栉比的房屋又像水墨画一样。他想："啊，要是能到那里生活就好了。"于是，有一天，他下定决心，整理行装，登程了。

　　当他辛辛苦苦到达那里，才发现那里的村庄一样破落，那里的人们和自己家乡的人毫无二致。他失望透顶。隔河望去，自己的家乡也美丽得如同仙境，云雾缭绕；当云雾散去，房屋也如水墨，引人遐思。

　　真是一个隐喻式的故事。我们的人生就时时生活在这样的矛盾之中，总是觉得身处的环境不好，正在做的工作不好，享受到的待遇不好，挣到的钱太少；可是当我们换一种身份，挣了大钱，得了大名，又会觉得还是平平淡淡的生活更好。

　　说到底，我们总是这山望着那山高，其实却是这山和那山一样高。你觉得这里的山好,那么别处的山就一样好;你觉得这里的山不好,那么别处的山一样不好。

就像一个人从一个小镇搬到另一个小镇,询问当地的一个老者:"这里的人好不好?"老者反问:"你家乡的人好不好?"他说:"我家乡的人都好极了,既热情又善良。""那么,"老者说,"这里的人也都好极了,既热情又善良。"

另一个人也从一个小镇搬到了这个小镇,也询问这个老者同样的问题,老者也反问:"你家乡的人好不好?"他说:"我家乡的人都坏透了,既冷漠又奸诈。""那么,"老者说,"这里的人也都坏透了,既冷漠又奸诈。"

高低好坏,其实都在自己的心呢。

借由"心灵微观",希望我们真的能够荡涤凡尘,得见本心,心灵如清水洁净轻灵。

前　言

　　走在路上，突然止步，恍然如有所想，看车流人往。身边潮沸盈天，却一切与我无干，我只看得见一片叶子被风吹，打着旋飘上蓝天——真是无上美好的体验。

　　还有一次在茶室，和朋友说笑，却一刹那听见一声琵琶音，铮的一声，一下子魂飞天外，大概不过一闪眼的时间，却觉得足足过了两个钟点。那感觉真是不常见。

　　此前更有一次，一个人在图书室，恰好读到"一切声，是佛声，檐前雨滴响泠泠"，结果揉揉倦眼，看窗外骤雨初歇，真有一滴檐前雨啪地掉下来，在石台上摔得清透碎裂，一时神魂俱飞，只觉自己就是那滴雨，连那掉落时的失重感都感觉得清清楚楚，无法忽视。

　　心静是什么感觉？《追忆似水年华》的作者马塞尔·普鲁斯特患有慢性哮喘，年纪轻轻就是个病人，过着寂寞的隐居生活。长年累月被囚禁斗室，不能活动，他的心要是再不静，憋也把他憋死了。诚然，他也憋闷，不过，他却想出了消遣憋闷的法子，那就是躺在床上，静静回忆过去，回忆着回忆着，这部作品就被他回忆出来了："我的视力得到恢复，我惊讶地发现周围原来漆黑一片,这黑暗固然使我的眼睛十分受用,但也许更使我的心情感到亲切而安详;它简直像是没有来由、莫名其妙的东西,名副其实地让人摸不到头脑。我不知道那时几点钟了;我听到火车鸣笛的声音,忽远忽近,就像林中鸟儿的啭鸣,标明距离的远近。汽笛声中,我仿佛看到一片空旷的田野,匆匆的旅人赶往附近的车站;他走过的小路将在他的心头留下难以磨灭的回忆,因为陌生的环境,不寻常的行止,不久前的交谈,以及在这静谧之夜仍萦绕在他耳畔的异乡灯下的话别,还有回家后即将享受到的温暖,这一切使他心绪激荡。我情意绵绵地把腮帮贴在枕头的鼓溜溜的面颊上,它像我们童年的脸庞,那么饱满、娇嫩、清新。"

能用这么多的文字、这么悠细的笔调写这么寻常的一个小情景,他可真是闲得可以,也静得可以,所以他可以看到我们都看不到、体察不到的东西。这些东西落在纸上,就成了经典。

人活一世,不好好享受生活,被快节奏的生活方式牵着鼻子走,太吃亏了。如果生活快你的心也快,那完了,肯定是春天听不见鸟声,夏天听不见蝉声,秋天听不见秋虫唧唧,冬天听不见落雪温柔地簌簌而下。白天听不见别人下棋砰然而响,月下听不到箫声婉转悠扬;山中听不见松涛阵阵,水边也听不见橹声欸乃。所以,可千万不要觉得饮食是"快餐"、娱乐是"快餐"、阅读是"快餐"⋯⋯快快吃完,快快工作;快快干完,快快休闲;快快读完,快快卖弄,什么都快了,就像一条小溪的好水被一辆大汽车轰隆隆把水拉到海边,一股脑儿倒下去,不但是十足的煞风景,更是十足的浪费生命,"欲速则不达"。

所以,还请暂入忘"我"之境,忘了关心米面菜价多少钱,股票是跌是涨,官位能否亨通,人际关系润滑到不到位;跳出来一个被烟火红尘俗世遮蔽的真"我",好比一朵深埋不见杂藏的花朵,物物静观皆现眼前——忘的是机心,是劳烦,得到的是美好,是觉察。"你环顾四周,缓缓的,注意到你原先走过而未曾注意到的东西:雨后泥土的气息,你所爱的人左耳上覆盖的鬘发。看到小孩儿在玩耍,这是多么的美好啊……当你在这种状态中行走,你会闻到每一种花的芬芳,你会跟每一只鸟儿同飞,你会感觉到脚下所踩出的每一个嘎吱声。你找到了美与智慧。而美处处在形成,由生命的一切材质在形成。你不需寻找,它会自动向你走来。"

这,就是奇妙所在。

本书精选的数十篇美文,文笔清丽美好,引着读者一起忘记人间烦恼,进入美好境界,那里万物现影,好比春来江水绿,枝上有桃红。

第一辑

003　你的美，不只是上帝看得到

006　向三文鱼妥协

009　天籁之声

013　美丽无伤

017　谁不想被世界温柔相待

020　月光晒谷

023　种春风的母亲

026　大青山的小院子

030　在悬崖边健步如飞的人

034　凡生命之苦尽予收容

第二辑

041　母亲营养法则

044　爱是人世间最美的语言

047　小猫史莫奇

050　在爱面前，连死神都会却步

054　我做泥娃娃的妈妈

058　飞鸟的敬礼

061　丰盛的晚餐

065　鸟飞即美

068　种欢喜得欢喜

072　所有美好的事物，
　　　我都要看上两遍

/001

CONTENTS

第三辑

079　品

082　一开始就对

084　等　待

088　结庐在人境

090　月是村的眼

093　寻找一处桃源

097　怎么好意思不美好地生活

100　超市里的哲学家

104　假　币

107　竺可桢的"格局"

第四辑

113　我打算这样老去

116　春日宴，绿杨阴里歌声遍

119　一把沉默的刀

122　叶鸟鱼枝

125　长恨歌

128　边走边白

131　城南有栾树

134　春天的颜色

137　花慢开

140　春天的麦子

第五辑

145　错　过

148　栀子花，旧庭院

151　月下看瓜

154　瓦

157　花肉的记忆

161　百花深处

165　它原本有一个美丽的名字

168　鸡爪霜

171　养一畦露水

174　难忘草原手扒肉

第六辑

179　无俗心

182　收集天籁之声

185　青蔬香

188　冬天里的春梦

191　撒布瓜

194　表扬春光

197　生命，有时候是
　　　一场神奇的冒险

200　海上升明月，明月照花林

204　在心中修篱种菊

207　少年读

210　亲亲我的桃

CONTENTS

- 213　前世慈姑花
- 216　留得枯荷听雨声
- 220　榆钱饭
- 224　眼前不只有苟且，还有浓浓的诗意
- 228　总有一些美好深深记得
- 232　岁月静好，只是因为懂得珍惜
- 236　那年夏天的红豆冰

第一辑

美丽无伤

你敢不敢看别人的眼睛？恐怕你不敢，怕透过别人的眼睛，看到你自己的灵魂。

你怕爱上别人。心中澎湃的情意让你视陌生人为亲人，视仇人为亲人，视别人为自己。而这恰恰是关键。

这个世界上，没有一个人不是你，所以，请放心大胆地行使善良，那是你的权利，不要怕因为全心去爱而受伤。一个医生全心去爱病人，也许医生所收获的，比病人还多。一个教师全心去爱孩子，也许教师收获的，比学生还多。一个上位者全心去爱民众，也许上位者收获的，比民众还多。就在当下，行动吧。

你的美，不只是上帝看得到

崔修建

2009年11月最后一个周末，在美国宾夕法尼亚州的莫克小镇，一场隆重的葬礼正在举行。四面八方自发而来的人们排成了长长的送葬队伍，默默地为因心梗而死的杰夫森送行。也许有人会惊讶，杰夫森不过是一个有着三十多年乞讨史的职业乞丐，他平生似乎并没有任何英雄壮举，可是，为什么那么多人都众口一词地说他是一个好人，说他的美上帝都看得到。

原来，这个失去了一个臂膀、靠乞讨为生的杰夫森，在他三十多年的乞丐生涯中，还做了许许多多令人感念的事情，下面就是从中选取的一小部分：

他曾向消防部门报告了三处火险隐患，及时避免了可能发生的重大火灾。

他曾为一位截肢的青年无偿鲜血500ml，保证了那个手术的顺利进行。

他曾向遭受飓风的佛罗里达州的灾民捐献了2000美元，而那是他全部积蓄的三分之二。

他曾协助警方捣毁了一个贩毒窝点，并多次向警方提供重要的破案线索，被当地警察尊称为最值得信赖的"眼线"。

他曾花费一年多的时间多处奔走，终于帮助两个走失的儿童找到了亲人。

他每年春天都会蹲守在那条繁忙的公路边，悉心地照料那些需要穿越公路去繁殖的青蛙，尽力地帮助它们免遭往来车辆的伤害。他还先后收留过7只流浪猫和3只流浪狗，救助过受伤的猫头鹰和苍鹭。

他山间的简易小屋里，几乎所有的用具都是他从垃圾箱中捡来的。他平素生火做饭，都是从山上捡枯枝和树叶做烧柴，从没有砍伐过山上的一棵树。他从不乱扔垃圾，没有用的废物，他会背着走上五英里多的山路，送到镇上的垃圾回收站。

他是一个爱美的人，居住的小屋收拾得干干净净，屋前还种了好多的花，屋后栽了果树。他每次出门乞讨前，都要换上干净的衣裳，都要上上下下收拾一番，仿佛是去见尊贵的客人。

他不管是否有收获，收获有多少，常常是微笑着，知足地过着每一天，从没有人听到他叹息过，更没有听到他抱怨过什么。

葬礼上，牧师读了杰夫森放在衣兜里的遗言："我很感激自己能够生活在这样美好的世界里，我一生都在接受人们善意的关注和帮助，都在感受着爱的温暖，我也十分愿意为这个世界留下一些关切和温暖，只是我做得太少了，少得可能连上帝都看不到，但我还是衷心祝愿这个世界越来越美好……"

"杰夫森,你的美,不仅上帝看得到,世间无数眼睛都看得清清楚楚,不只是今天来为你送行的人们,还有许许多多的人,相信他们都会敬重你的美德,都会为你美丽的人生心存敬意。"牧师深情的话语,道出了世人共同的心声。

没错,杰夫森的美,不只是上帝看得到,爱的眼睛都看得到。

向三文鱼妥协

王凤英

在美国的华盛顿州,有一条宽阔而美丽的艾尔华河,在这条欢快而清澈的河水里,生长着成千上万的三文鱼,它们世代繁衍,过着无忧无虑的生活。然而,在这条美丽的河水两岸,却生活着为数不多的居民。

建国初期,美国政府为了加快河岸两地的经济繁荣,让更多外来者到这里定居,让他们开拓城镇,过上自给自足的生活,美国方面开始计划兴修水利大坝。1921年、1926年,艾尔华河上两个大坝相继落成,这无疑给河水两岸的居民带来了便利,也如愿以偿地吸引了许多外来定居者。

就在人们安居乐业,生活蒸蒸日上的时候,2008年,以奥巴马为首的美国政府,却发出了一道指令,决定从2011年9月开始正式拆除艾尔华河的两座大坝,并将在2014年前全部拆除完毕。一时间,外界一片哗然,是什么让美国政府孤注一掷做出如此的决定?

带着疑问,无数的记者拥向了美国的华盛顿州来寻找答案。经多方调查,他们终于得出了结论。原来,在艾尔华河中,每年都有六种从太平洋迁居过来的三文鱼以及虹鳟。这些普通的三文鱼，长到成年后，一般体长80~150厘米，重5~20磅；而虹鳟鱼的体形则小得多，一般长到0.5磅重。让人震惊的是，在这条河里，还生长着一种传奇性的鱼类，它就是种类特别的钦努克三文鱼，它个头特别大，可以长到100磅重。通常普通三文鱼的寿命只有四到五年，但钦努克三文鱼的寿命却可以奇迹般地延长到20年。而钦努克之所以体积这么大，可能和它生活的环境有关，因为它擅长在艾尔华河上游激流和狭窄的山谷中畅游，也就是说，它有个非常舒适惬意，很适合自己成长的"家园"。

然而，随着水利大坝的兴建，却彻底改写了这些三文鱼的命运。因为大坝将河流一截为二，大批三文鱼按照惯性从太平洋进入美国华盛顿州艾尔华河时，在它们从下游游向上游8公里之处，碰到的却是钢筋水泥的大坝，截断了这些三文鱼回游通道，因此，它们只能在下游仅8公里左右的河道中生存。由于这些三文鱼无法在多峡谷的上游产卵，再加上大坝水库中的水是静止的，容易吸收太阳辐射，使得水温升高，氧气减少，导致三文鱼逐年减少。

截至20世纪90年代，艾尔华河由修坝之前的30万条三文鱼，只剩下了现在的3000条。另外，据一些生态学家发现，因为三文鱼数量的减少，也直接影响了当地以鱼为食的黑熊和老鹰等其他动物的生长，令整个生态链受到了破坏。动物受到伤害，生态受到威胁，在这种情况下，当地的居民以及渔业保护组织开始警醒起来，他们联合向政府呼吁："拆除大坝，救救那些仅存的三文鱼。"由此，美国政府从上世纪

90年代开始也正式把拆除大坝纳入了议事日程。

鉴于大坝给河水两岸的居民带来了确实不错的经济效益，与大坝造成环境生态的恶劣影响相比，美国政府内部也发出了不同的声音，反对拆除大坝者有之，选择恢复生态环境的呼声也不在少数。最后，历经20年的政治博弈，美国政府终于全面向三文鱼妥协，保护生态环境最终战胜了一切。

艾尔华河两岸的居民宁肯失去便利的生活条件，也要给三文鱼一个生存空间，让世人刮目相看。而美国政府以及公民为了保护生态平衡不惜向三文鱼妥协则让世人为之赞叹。

天籁之声

周海亮

男孩迷上小提琴。如醉如痴。

每天他都站在小区花园的一棵馒头柳下面，将小提琴锯出杀鸡般的声音。有路人经过，便陡然皱起眉头。这噪音令他们的头发根根竖立，让全身落满密密麻麻的小疙瘩。他们的表情让男孩伤心不已，于是他把练琴的地方，挪到自家阳台。

仍然吵。或尖锐或沙哑的声音刺透清晨或者黄昏，折磨着每一个人的耳膜和神经。受不了了，就过来敲门，求他不要再拉，求他的父母管管他。他们说艺术需要天赋，既然他没有天赋，就算再拉下去，也不过浪费时间罢了。他们的话让男孩伤心欲绝，咬着嘴唇关紧门窗。

于是每个夜里，房间里总是回荡着令人不堪忍受的杀鸡或者挫锯的声音。那声音让父亲无法集中精神读完一页书，让母亲无法不受干扰地看完一集电视剧，更让他神经衰弱的奶奶，夜夜心脏狂跳不止。父亲想这样可不行，得给他找一个真正不打扰别人的地方。

地点选在一个偏僻的公园。虽然偏僻，但毕竟还有三两游人，而待琴声响起，那些游人，立刻消失得无影无踪。

男孩的自尊心和意志力被一点一点地蚕食。好几次，他动了摔琴的心思。

可是那一天，练琴时，偶然遇上一位老人。老人静静坐着，手指和着他的琴声打着明快的拍子。当一曲终了，老人甚至递他一个微笑。一瞬间他有受宠若惊的感觉。他想莫非他的琴声变得悦耳了？回去，站在小区里，琴弓刚刚滑动，路过的行人便一齐皱了眉头，匆匆逃离。

他不解，在公园里偷偷询问别人。别人说那老头是个聋子啊！几年前开始耳背，越来越厉害，现在，几乎听不到任何声音。男孩刚刚鼓起的信心再一次受到打击，他垂头丧气，几乎真的要放弃拉琴了。

却突然，那天早晨，老人主动和他搭讪。

老人说你肯定听别人说起过我的事情吧？其实我一点儿都不聋，只是稍有些耳背罢了。他给男孩看了他的助听器，说，不信的话，咱们可以测试一下。男孩跑到很远的地方跟老人打招呼，果然，老人的耳朵灵便得很。老人说我喜欢听你拉琴绝不是装出来的，虽然你拉得并不是很好，但绝不像他们说的那样糟。你知道我有个儿子吗？我有个儿子，现在在一个交响乐团拉小提琴，刚开始学琴的时候，拉得可比你难听多了。一段时间他也有放弃的打算，我跟他说，世间事，只要是你喜欢的，对你来说，就是对的。哪怕将来不能从事这个职业，当一个爱好不也挺好吗？这样他便坚持下来，两年以后终于能够拉出漂亮的曲子。现在有人夸他的演奏是天籁之声呢。老人自豪地说。

男孩向别人打听过,果然,老人有一位在交响乐团拉小提琴的儿子。看来老人没有骗他。看来老人喜欢听琴,并非出于对他的同情或者怜悯。老人是他在世界上唯一的知音。

每一个清晨,老人都会准时候在那里,听男孩把小提琴拉出一支支不成调的曲子。老人说听到琴声就想起远在他乡的儿子,想起儿子的童年,男孩的琴声无疑就是天籁之声。后来男孩的听众竟然慢慢多了起来,那时候,他真的可以拉出一支还算悦耳的曲子。

几年以后,男孩的小提琴已经拉得很成气候。他如愿以偿地考上一个文工团,成为一名小提琴手。他并非很有天赋的人,但他无疑是整个团里最刻苦的人。他知道自己永远成不了顶尖的小提琴演奏家,但他对自己的生活非常满足。

春节回老家,顺便去探望老人,恰逢老人的儿子回家过年。说起他练琴的事情,老人的儿子,只是淡淡一笑。

他问你笑什么,难道我说错了吗?难道小时候的你没有把琴拉得很难听吗?

老人回答说当然没有。他小时候就拉得非常好,他天生就是拉小提琴的。可是在那时,我想,如果我不那样说,如果我不假装欣赏你的琴声,你极有可能彻底放弃小提琴。其实我说的天籁之声,也并非完全在骗你,只不过我把时间,提前了十年而已……可能你没注意到吧?很多次,在你演奏时,我曾偷偷摘下过助听器。不然的话,我想我的耳朵,可

/011

能真的会因为你的曲子而聋掉……

老人的话,沙哑低沉,然而他听来,字字宛若天籁之声。

美丽无伤

凉月满天

下班路上。

一只娃娃一样的小狗。

后来再细看,不对。它从院里跑出来,伸着鼻子东嗅西嗅,但是不好奇,神色是一种"希望不会有什么事吧"的安静。两排饱满的乳房,是个狗妈妈。就和人的妈妈一个样,不希望好的和坏的奇迹发生。

此前邻居就有这样一只小狗,每天到我们家蹭猫粮,比正牌猫主还吃得多。整天上蹿下跳,七蹦八蹦。直到有一天,我起早上班,正是初夏,它在楼前空地和地下室的窝里来回奔跑,尾巴后的毛稀湿稀脏,羊水淋漓——它生了。主人把它产在空地上的宝宝一只只挪到地下室,它就来回跑,跑到地下室,担心地面上还有孩子;跑到地面,又担心地下室的孩子,看得我好累啊。

狗宝宝刚满月的时候,它死掉了。兽医说是缺钙所致,它把营养都哺给了孩子们。也是,这么小的个儿头,奶着五个娃啊——这个世界上,还有缺钙而死的吗?到现在还记得它给小狗喂奶时的情景,躺在那里,任由娃娃们在肚皮上拱来拱去，踩它的脸，蹬它的鼻子。我探头去看，它抬头看我，一种疲惫而警觉的安静。

霎时心疼。

昨天带友人去荣国府参观，小小的院落一进、两进、三四进。20世纪80年代为拍摄电视剧《红楼梦》盖的楼宇，如今演林黛玉的陈晓旭已经西归，当初种的树亦长得郁郁葱葱。还有丛生的绿竹、爬满墙的藤蔓。斑驳的砖墙被雨淋得一道道黑白的痕，墙下一丛红红白白的花。薄薄的花瓣，伶仃的弱枝，在风中晃啊晃，一点点老给时间。

前日去农村，在人家土墙下开的有那么大一丛月季，怒枝横生，密密缀着艳红的花。想掐回去，舍不得它疼，看它在这里生长，又离不开眼睛。怜香惜玉，原本就是任怎样都觉得不好，不保险，怕它受委屈。那种强抱美人上床的不叫怜香惜玉，叫虎嚼蔷薇。

荣国府后园里也有月季，有那么一朵，不是艳红、粉红、淡红、水红，而是艳光四射的桃红。它怎么就那么敢开。

一边从记忆里捡拾花开片片，如拿一个水瓶盛开在梅花上的雪，我家的猫一边在我身边安睡。下午时光，浅紫色窗帘拉起半面，它仍把一只手抱住眼睛，团成一团，天塌不惊的安详。

属于我的美好时光。

这些时日过得不好，心如滚油泼雪，焦渴灼烫。可是仍旧爱这个世界。我若成了一缕灵魂，灵魂的世界里可以幻化出美仑美奂的景象，可是，景象里没有香味，没有触感。不像这有情尘世，漂亮人间。

狗是花，猫是花，日子是花，生命是花，灵魂是花。一切都当漂亮、安详，散发芬芳。

和一群友人又去野槐林赏槐花。去迟了，槐花已谢，沙上铺了一层花毯，一阵风过，纷纷扬扬，细小的花瓣就那么样花谢花飞飞了满天。一个朋友发现了一枯树根，撺掇我去跟它合影。过后把照片发了来，枯寂的树根和一个尚未老去的人，它也半蹲，我也半蹲。可是放大来看，触目惊心，我的背后是一片尖尖圆圆的坟。

花老在岁月里，风起于沟壑林丛。生命霎时寂灭霎时生。既然决定生在这个粗糙的现世，死也注定在这个尘世桩桩件件地发生。

普鲁斯特在《追忆似水年华》里欣赏山楂花：

"绿叶之上有几处花冠已在枝头争芳吐艳，而且漫不经心地托出一束雄蕊，像绾住最后一件转瞬即逝的首饰；一根根雄蕊细得好像纠结的蛛网，把整个花冠笼罩在轻丝柔纱之中。我的心追随着，模拟着花冠吐蕊的情状，由于它开得如此漫不经心，我把它想象成一位活泼而心野的白衣少女正眯着细眼在娇媚地摇晃着脑袋。"

又欣赏丁香花："丁香树像一群年轻的伊斯兰仙女，在这座法国式花园里维护着波斯式精致园林的纯净而明丽的格局，同她们相比，希腊神话里的山林仙女们都不免显得俗气。我真想过去搂住她们柔软的腰肢，把她们的缀满星星般花朵的芳香的头顶捧到我的唇边。"

就是这样。爱花的人，惜花护花把花养，恨花的人，骂花厌花把花伤。实在看厌了这样那样的负面新闻，一个个倒在贪淫毒狠之下的生命，都是那恨花厌花的人造出来的孽债呵。

人说极致好看的情境，叫做无上美丽，又说爱美之心人人皆有。其实，人心哪有那么贪求，无非请求清平世界，美丽无伤。

谁不想被世界温柔相待

闫荣霞

大提琴手小林大悟失业后当了入殓师。在接触到腐尸后，他的心理承受的冲击宛如黄钟大吕，惊涛拍岸，卷起千堆雪，令他不但跳到一家经营了几十年的老浴池里把自己泡了又泡，洗了又洗，回家后还必须靠依偎在妻子的身边，吸取着带着体香的生命气息才能消解。妻子熟睡，他悄悄拉响了在幼儿园时拉的大提琴，乐声响起，如同流水，让这个孤独的男人还原成一个孤独的孩子，对面坐着的，好像是他的父亲，但又不能确定，因为那个男人的脸，已经在记忆里被模糊成一团不辨面目的影子——很早的时候，父亲就和别的女人私奔，留下母亲郁郁而终。到现在小林只保留着一块父亲在河边拣了送给幼时的自己的铁青色的大鹅卵石。

但是，当佐佐木社长带着他跪坐在那些尸体旁边，用温柔的手细致地替死去的人做着一切，清洗、梳头、化妆，小林却被深深感动了。这份看起来冷冰冰的职业，在社长的手下有了非同一般的意义，它能"让已经冰冷的人重新焕发生机，给其永恒的美丽，这需要冷静，准确，并且要怀着温柔的感情。送别故人时的静谧，让所有的举动都变得如此美丽。"

不过这份工作毕竟不体面,不光彩,妻子得知真相后也离开了,做,还是不做?这是一个问题。

他已经得窥堂奥,知晓了这份职业的尊荣与宁谧,但又舍弃不了温柔贤淑的妻子,终于下决心向社长辞职。佐佐木请小林坐下,给了他一块河豚鱼白,然后有了如下那段经典对白:

"好吃吧?"

"好吃。"

"好吃吧?"

"好吃得让人为难。"

一句话一语双关,这份职业也好得让人为难。

所幸,妻子又回到他的身边,亲眼目睹他给猝死的澡堂老板娘做的一系列工作后,也不再反对他从事这个职业。然后,他收到父亲的死讯。

这个男人,小林已经忘记了他的模样,只记得对他的满腹怨恨。现在,他以儿子和入殓师的双重身份,跪在他的面前,看着他胡子拉碴,落魄潦倒,心里说不清什么感觉。他一点点温柔地给他清洗、剃须、着装,让这个已经在记忆里面目模糊的人重新清晰再现。眼泪像滴珍珠,将坠未坠。然后,掰开父亲紧攥着的手指,啪嗒,掉下一枚鹅卵石,小如鸽蛋,是当初和那枚大的铁青色鹅卵石的互相赠送和交换,父亲的给了儿子,儿子的给了父亲。原来,自己以为的父亲对自己的抛弃和遗忘,根本不是那么回事,他一直坐在父亲的心里——他伤心得不能自持。

他把这枚鹅卵石放在妻子的手里，连同他送给妻子的那一枚，合在一起，放在妻子的肚子上，那里面，孕育着一个小生命。已经去世的，正在人间的，还未出生的，三代人，就这样奇妙地达成了接纳与和解，感情画了一个完美的圆，美好得让人落泪。

这部日本电影《入殓师》获第81届奥斯卡最佳外语片奖，整部影片以独特的视角，拨动了人类美好的天性之弦。在这部影片里，死亡就是这样的美好，美好得让人落泪。

那位想变性不成最后自杀的小男生，小林将他化装成一个美丽的女孩子，眉目温柔，红唇娇艳，躺在那里，宛然如生；那位坚持开了几十年浴室，坚持用木柴烧水，总是操劳不停，头发蓬乱的老人，小林将她化妆得头发一丝不苟，闭目而睡，好像只是因为劳累，想要小憩一会儿……这些逝去的人，本已经褪去了血色的容颜，在入殓师精心描画下，又重新变得栩栩如生起来。

是的，栩栩如生。栩，是蝴蝶扇动翅膀的样子吧。每个人都如蝶，在花海里扇动翅膀，寻找自己的芬芳。他或她离世的那一刻，亲人，甚至整个世界最大的愿望，不过就是让他仍然如蝶一般开放，仿似将要启程飞向另一个世界，寻找独属于他的芬芳。这样一想，死亡就不悲伤。

谁不希望被这个世界温柔相待？而这，也是这部电影要告诉我们的东西。所谓的人文关怀，通常总让人觉得大而无当，原来它无非就是在说，生亦有尊严，死亦有尊严，生需要温柔相待，死，亦需要温柔相待。

月光晒谷

罗 西

很早之前去福建宁德采访，在车站附近，一个农妇正提着一篮子草莓叫卖，我忍不住多看了一眼，那是一篮鲜艳欲滴的草莓。

然后我就走了，想不到那个农妇追上来了，更确切地说，是狼狈地小跑着，并不断地说："很好的，一篮只卖20元，要不要？"我尽量和善地摇摇头，我总不可能带一篮草莓做长途旅行。可是，她仍然紧跟不舍，斗笠被风吹掉了也无心去捡，夕阳在远处，天快暗了……

"对不起，我真的不要！"我心软地停下步伐，但很坚定地说。她仍是羞涩地求我买下，一脸雀斑与失望，这令我心痛，不安，当时，我有一个冲动，想给她10元，但最终没有这么做，她不是乞丐！

另一个30多岁的男子，常常肩挑着各种蔬菜在我家门口卖，他的菜比市场上卖得便宜，又新鲜。一次，我给他五元钱，他给我一根黄瓜，一捆空心菜，三根葱，完了还要找我一毛钱，正当他从口袋里找钱时，我溜了。他居然扔下身边的顾客，追我10多米远，他最骄傲的时候，就在这一刻："这是我自己种的！"

穷人总比富人多。我看过很多顽劣的穷人，但是这样的自强不息的穷人，让我感动，他们很辛苦，他们挣血汗钱。他们流汗的脸，他们慌乱奔跑的姿势，在我吃饱撑的时候，常常会想起这些，然后莫名地不快乐，非洲之父史怀哲曾说过这么一句话：倘若欧洲人的幸福对非洲人的苦难无丝毫帮助，那幸福必然是有缺陷的。也许扯远了，而且我也不算富人，但比我穷的人，总是令让我不自在。

我常常为古代那些江湖义侠所感动，他们是可爱的强盗，抢了贪官的金银财宝，再散发给他们认为需要帮助的弱势群体。在被恨与被爱之间，他们潇洒地玩着一种惊心动魄的人间游戏，真的刺激而感人。

是不是我一直站在穷人的一边，或者说我一直是个穷人，才会有这种心理？甚至我幻想过，自己可以飞檐走壁，做个佐罗式的英雄，出没在月光下，消失在晨曦里。

问题是，在一个法制社会里，这是不可以的。那么，只好用幻想去"回忆"曾经的英雄，不过，我有一个法律专业毕业的朋友，后来改行去做策划，他一样有过想做佐罗的梦。后来他成熟了，现实了，便做了职业策划大师，用他的聪明点子，搞了一个又一个大型活动，让那些富翁、新贵之流，很高兴地解囊掏钱，再把这些钱，用于救助一些需要帮助的人。他有一个24K的头脑，也有一颗24K金子般的心。他现在还是没有大富大贵，他妈妈在乡下老家过着采菊南山下的清贫生活……他经手过一笔又一笔的善款，但他的手一天比一天神圣而干净。

他无愧而且很满足，因为他实现了儿时的梦，做了一回新"劫"富济贫的英雄。他不用剑，不用枪，甚至不用拳腿，他用智慧成就善良，他用善良挥洒了自己的一腔豪情。他说，只有富人才有资格说：钱不是万能的。真正的穷人，钱就是万能的。年前太太买了几串吉祥物回家，我一看全是假铜钱做成的，哦，钱可以避邪的。

我那位朋友是靠做大事来达成理想的，而我只好用小儿科的办法，来实现每一天的佐罗梦——

装修房子，在买材料时，我会斤斤计较，一个砖便宜大几十元，总数就可节省好大几千元；但在请那些衣衫破旧的民工搬运时，我从不讨价还价，明明知道他们在"宰"我，但是我愿意，这种不值一提的"变相帮助"会令我"变相快乐"起来，再说，多花的"冤枉钱"，其实是从那些卖装修材料的土豪手里接过来的。

写下这些，我不怕有人见笑。因为我在接近自己的理想，虽然微不足道。每一天，我都有心去做诸如此类的小事，我知道这对贫富两极可能都没有任何实际意义，不过我也懂得月光是晒不了谷的，但我们仍然需要它。

人间有许多事，如同月亮，仿佛没用，又美丽至极，因为它属于心灵的。

种春风的母亲

晓 非

春天，母亲和屋边的菜园，格外忙碌。

阳光陪伴下，母亲把各色蔬菜秧芽及时栽种在新翻的泥土里，刚种下的幼芽如襁褓中的婴儿，嫩弱极了，但这些微弱的绿色，有着蓬勃的生命力，它们会较着劲儿借着春风比赛生长，走近了，还能听到它们热烈的欢呼。不经意地，母亲的菜园呼啦啦闪亮出一园的绿宝石，现出盎然生机。

母亲对园子里的蔬菜倾情抚弄，每棵菜的长势都落在心上，浇水、松土、施有机肥、给菜儿捉虫，一样都不拉下。一行行的蔬菜沾带着母亲的味道，在母亲的手边扶风而长，和母亲柔情相对。母亲觉得蔬菜是她的好友，走进园里，俯身下去，她能听到蔬菜对她窃窃私语。这时，母亲仿佛自己也是一棵蔬菜，脚下长出了根须，头发变成菜叶，手臂变成菜茎，血液变成菜的汁液，快乐在碎语流光里。

暮春时分，母亲采摘园子里的芥菜，把芥菜洗净蒸熟切碎，洒在竹篾里晾晒，制成梅干菜。在冬天栽种下的芥菜，经历了一个冬季的寒冷，又积攒了一个春季的阳光，摇身一变的梅干菜。用来炖猪肉，在细火慢煮中，梅干菜收藏的光阴在气氲袅袅中徐徐释放，浓香直奔味觉而来，闻着就生口水。母亲还会把芥菜去叶留茎，洗净晾干水分，切成小指甲宽的细丝，密密实实装进瓷坛，用挑选的上好稻草秆堵实坛口，反扣在一盆清水里，隔几天换一次水。十天半月后开坛，曾经白中泛青的菜茎，梦幻般变身为黄澄澄颜色的酸菜。素炒酸菜，清香沁人，吃时满口生津，胃口陡起。

看见母亲的忙碌辛苦，我们很是心疼，在一次次的电话里劝着母亲，不用种太多的菜，别累坏了身体。再说菜多了也吃不完，只要够吃就行。母亲在电话那头笑着不搭茬，依然乐此不疲在园子里忙活着。

夏天是园子里的蔬菜上市季节，母亲不间断地把新鲜的蔬菜捎给我们。餐桌上飘荡着清新的田园风味，先生每每直呼好吃，儿子的饭量也增加不少。蔬菜多了，母亲就分送给左邻右舍。我看见，只要我家来人，走时准会被母亲乐呵呵地塞个菜袋子拎回去。

有次回家，见母亲把菜装进篮子，顺带把我带的水果拿了一半放进去，说是要送给村里一个年轻的男孩。我很诧异。母亲说起我一个久远但熟悉的名字，男孩是他的儿子。男孩的父亲早早过世，母亲改嫁，男孩艰难地长大成年后，到城里打工，又不幸被工地的模板砸伤背部，致半身瘫痪，现在依靠轮椅独自生活。因而，只要园里有新鲜的菜，母亲都会送过去，顺带帮忙整理一下家务。见男孩洗衣不方便，母亲还要弟弟买了台洗衣机送去。母亲说起男孩的命运遭际，满脸的伤心，我的心也跟着下沉。

一个有阳光的秋天，我和先生下乡看望母亲。母亲领我到园子里摘菜，园子里秋味弥漫，曾是翠色流动的叶茎已如褪去盛装的美人，在秋风中疲倦地裹紧自己的素衣。先生步到院外，很是疑惑，节气到了秋分，怎么园外的南瓜藤叶依然绿意葱茏，繁茂一地。我连忙过去观看。母亲走来说，那是种给小松鼠吃的。

母亲说这几年村里的人大部分进城了，房屋空落没人打理，房前屋后长满了野树刺藤，松鼠不知从哪里跑到附近来安家了。松鼠到处找食物，常到园子里吃瓜果蔬菜。母亲担心小松鼠到了冬天找不到吃的，就想起种南瓜给它们吃，母亲在院外整理了几处土墩，种下南瓜籽，南瓜籽发了芽，被地蚕吃了只剩一株。这一株南瓜秧可能感知到母亲的心意，可劲儿以铺天盖地之势，牵蔓扯藤四处扩张到足足占了一分地，秋南瓜结了几十个。母亲指给我们看，那些看样子烂了一半的南瓜都是松鼠们吃的。先生高兴地说，这些小松鼠真是有福气。

母亲笑着说那些小松鼠，白天都从连着三楼的一根电线爬进家，家里存的西瓜子、花生、豆子，只要是干果，它们会堂而皇之地呼朋引伴，一个个鱼贯而入，自由自在地翻找东西吃玩儿，以至她要时不时上楼清理松鼠们狂欢的垃圾。

凉爽的秋风阵阵环绕院内，井边一树桂花肆意开放，香飘云天。母亲的白发在阳光下，被镀上了白金般的光。

此刻，我似乎触觉到了母亲的心境；喜欢种菜的母亲，其实喜欢种下的，是那一缕缕暖心的春风。

大青山的小院子

杨 馥

大青山是壮丽的,给我留下最深记忆的却是大青山的小院子……

那是2016年的初秋,我同张大国进入大青山里挖柴胡,当翻过一座松山之后,我们两个人便相互走失了。

当我沿着一个沟坡向南走,穿过一片密密的丛林后,三拐二拐的,我就迷失了方向。

当我挖足了我所需要的柴胡之后,我再也找不到回家的路。我只好四处找着沟壑,我想,我只要沿着沟壑走,就一定能找到回家路……

我背着柴胡,带着万般的恐慌和干渴,从青石崖上朝山脚下的沟谷走。突然,我的眼前一亮:在大山的沟壑的平台处锒着一个绿荫相掩农家小院,宛如大山的一个写意音符,风吹树动时隐时现,诱惑着我的心动……

我直奔遥望到的农家小院,随着我的走近,我眼前的景物也越来越大,也越来越清晰:山角裂开的沟沟里长满了错错落落的槐树、也四处丛生着一簇簇的酸枣树,草绿虫鸣,我行走到这里,眼睛里真是别有一番的风景。

在沟头上有一个用高粱秸秆圈围成的小院子，矮矮的四间小土房就在小院的阳坡上。房檐下的土墙上用粗粗的绳子绞挂着长长一溜的渐黄的旱烟叶，烟叶下边还斜挂着一个粗眼的草料筛子，房门上残留着被风吹得十分破碎的门神。门前立着一个泔水大缸，缸里边发出刺鼻的酸味，小院的门外也传飘着辣浓的酸味……

沟坡、小院、土房、树影、五彩光线写意了农家小院清静的和谐。轻风微拂，寂寞无声，只有热夹在风中四处流动。正是我的到来惊走了玩土的鸡群，飞落在秸杆围墙上的红公鸡惊动了院子里一条大狗啊，狗吠随即打破了这歇响的宁静……

一个老头推了土房的木门出来，他喝住了拴在窗下的狗，带着疑惑的目光迎着我走来。

"你找谁？"

这也让我有机会打量他，他真的是很老，而是岁月的沧桑打透了他的外表，是辛酸苦辣雕刻、老化了他外露的表情。他稳健的步履、语速轻快，刚毅的脸上精神。

"我想向您打听，你见过一个叫张大国的人吗？"

他露出了豪爽的微笑，整个大青山里，就住着我一家，根本没有你找的张大国。

于是，我把与张大国走散的事告诉了他。

他看着满头大汗的我说，我先给你找一口水喝吧，然后，我帮你找张大国。当他转身朝屋子里走去的时候，我才有机会仔细观察眼前的院子。

小院内有两棵矮矮的樱桃树，红红的樱桃犹如颗颗红宝石，樱桃树点缀着翠绿的清明；右边还有三棵梨树和一棵山楂树，山楂树同样也是缀满了成簇的红果。鸡窝被罩在两棵葡萄树下，翠绿的叶子层层覆盖着一个很高的杆架，葡萄树枝就顺着支架盘曲爬抓在一起，浓密的叶片层层蔽日，形成一座绿色挂果的凉蓬……

一切都是那么自然，这就是农家的生机浑映。

当我从他手里接过清净的一瓢水，大口地喝下时，我喝到的不仅是一瓢酷热解渴的凉水，更是在感受一片热热的真情。

他放开了他的大黄狗，大黄狗跑在前，他跟在后面，我随着他一起往山顶走，我真猜不透，他为什么要领我朝山顶上走。尽管我心存疑虑，我也不好说什么。

让我一万个想不到的是，他到了高处，鼓起嘴巴吹起了能大山里四处回荡的牛角。那浑厚的声音酷似一个人在高声呼喊：张——大——国！

我是凭生第一次知道，在人迹罕见的大山，牛角竟然有这般神奇的妙用，真是美不可言。

当我说出了自己的清新感，真的让老者很激动，他真的很愿意听到我说，他的脸上堆起了朴实的憨笑，让我分享到了这朴实也是一豪放的美……

很快，从山的东面转来了弱弱的回应声，张大国真的听到了牛角的呼唤，我感激得不知如何是好，老者只是至诚的憨憨一笑，他那回顾的一笑，是自然流淌的，也是一道最美丽的风景……

　　我和张大国离开这农家小院，老者也回到屋里，小院重新宁静起来，鸡群又聚在那里享受着那不被打扰的清静。

　　我凝神回望这阳光下的农家小院，一切都回复了静谧。

　　阳光，大山、沟坡、小院、土房、浑然成我心中不朽的史诗……

在悬崖边健步如飞的人

王国民

这是一个真实的故事,男主人叫林方云,被网友们称之为"世界上最美丽的邮递员"!

那也许是世界上最高的邮路了,海拔两千米的悬崖,积雪遍地。那也许是世界上最危险的邮路了,悬崖窄得只容一个人通过,稍不留神,就会摔个粉身碎骨。然而就是这样的大山,这样的悬崖,却有一个特殊的邮递员,一坚持就是21年。

第一次见到他们是在七曜山旅游时,一个年仅十五六岁的少年,背着篓子,走在我的前面,篓子里是满满的信件和包裹,估计有四五十斤重。道路本来就崎岖,再加上厚厚的积雪,我踩在上面,心都发麻。

又是一个极其陡峭的拐弯,望着两边深不见底的深渊,我彻底胆怯了,后悔真不该抱着好奇心踏上这罕有人迹之地。

他突然停了下来,转身,一双眼,绽放着光芒,他说:"需要我帮忙吗?"说着,伸过来一根细细的竹竿。尽管有他在前面指挥,我还是走得很小心,很谨慎。因为,前面的路窄得只能容下一双脚,哪怕有点点偏离,后果都不堪设想。

终于过来了,我连声谢谢。我又问,你经常走这条路?

他想了想说,今天正好是第五个月了。

我说,你一个人,不怕吗?

他笑了,指着后面说,你看,我爸不是来了吗?我顺着他指的方向看,果然有一个背背篓的男人,健步如飞地朝这边跑过来。

等男人走到一起了,我们一前一后地往前走。男人说,这几个月,邮件太多了,我一个人背不走,无奈之下,只好动员孩子一道走邮路。

你们每天都要送吗?

是的。男人说,每天早上4点就起床了,啃一个馒头就匆匆出发,有些地方,甚至要走15个小时才能到,就只为一封邮件。送了就要走,赶时间,即使这样,回到家就已经是晚上十点了。在这段路上走,最怕的就是下雨和摸黑。碰上手电坏了,或者下雨,就只好找个岩洞待一晚,夏天还好一点,冬天冷,好几次,我都差点儿被冻死。

为什么不选择走平坦一点儿的道呢?

以前,我也想过的,但是绕的路太多,一趟根本送不到,所以我又重新走这条悬崖,为了安全起见,我几乎用了整整一年时间进行休整,去荆棘,筑扶栏……其实这条路也不仅仅是我一个人整的,听到我要长久送邮件,附近的乡亲们都过来帮忙,他们都是好人,费了那么多力,只是为了弄一条邮路。

又走了一阵,肚子忽然咕咕叫了起来,少年笑了,跑到附近的一个山头里,瞬间就摘了几个野果回来。男人告诉我,走这条路，体力消耗很大，采几个野果，是得以前行的最好办法。男人抬头看了看远方继续说：我时常想，其实上天对我真的不薄，有那么多人关心着我，连大自然都对我特别恩惠，让我顺顺利利地走完这些年，没有出一次意外，我也心满意足了。

那你做了多少年啊？

男人嘿嘿笑了，男人说，从我30岁那年，邮政局局长请我帮忙跑几天开始，到如今我已经整整51岁了。其实，这其间很多次，我都打过退堂鼓，毕竟太艰苦了，可是我又无法割舍。毕竟大山需要邮政，大山需要我啊！

和他们告别之后，我怀着强烈的好奇心来到了当地的邮局，局长告诉我，这21年来，他至少走了45万公里，相当于绕赤道走了11圈多，而他穿坏了250双解放鞋。

我被这位年老的父亲深深感动了。21年，45万公里，那是用生命走出的一段不平凡的邮路啊。

我望着高韧千尺的悬崖，我想，此时的他们正坐在小坡上，吃着野果，享受着那难能可贵的片刻休息时间；正是因为有了他们，因为有了这锲而不舍的大山精神，大山里的邮政才一直畅通无阻。

我知道，这个世界上有很多像他这样无私奉献的人，我更知道，还有很多从大山里走出去就不想再回去，甚至抱怨仇恨的人。真的，我很想告诉他们，知道吗？在重庆一处海拔两千多米的山上，有一个邮递员，从青年到老年，日复一日，年复一年，硬是用他的双脚走出了一条累计长达45万公里的、令人为之震撼和感动的邮路。正如他在接受采访时所说的那样：我不知道我还要送多少年，但只要他们还需要我一天，我就走一天，我走不动了，我的儿子就走，儿子走不动了，孙子就走，只要我身边还有亲人，我就不会让大山里邮路荒废。

凡生命之苦尽予收容

骆青云

我是在街道上遇到他的，他正拿着一个麻布袋，利索地从垃圾箱里寻着他所需要的东西。老实说，他的名字我早已从报纸上听说过，受好奇心的驱使，我决定一路尾随。

两个小时后，他走进了废品站，从废品站出来，又转身走进了一条小巷子，进了一所民居。

房子不大，顶多20平方，里面却摆满了铁床铺，五个孩子正在厨房里紧张地忙碌着，见他回来，大家都兴奋地喊郑爸爸，他微笑着和每个孩子拥抱，然后换了件干净的衣服出来。

见我进来，他先是惊讶了一下，然后说，你是不是有孤儿要送来？他又自嘲地笑，来这儿的陌生人，一般都是来送孩子的。

我跟着笑，我和他攀谈起来，他说，他准备出去一趟，去接一个好朋友。

是你女朋友？我问。

他点点头，其实都谈妥了，她也愿意过来，只是我觉得还是跟她说清楚，我孩子多，我怕她跟着我受委屈。当然我也知道，也许没有女人愿意跟着我受这个罪，但我从来都没后悔过，我从不觉得那些孩子是负担，我应该保护他们。

说到最后，他突然剧烈咳嗽起来，有孩子马上端来水和药物，他又擦了擦布鞋，然后快步走了。

看得出，他对这次约会充满了期望，我只好在心底默默祝福他。出来时，远远地，我就听见几个邻居正在小声议论着。一个说，真不知道他是怎么想的，一大把年纪了，为了这些孩子连自己的幸福都肯放弃。一个说，是啊，这些年，别人介绍的对象起码有十来个了吧，有好几个都愿意过来，可他呢，非得强调，接受他，就得接受那些孩子，你想，哪个女人愿意受这个罪。一说，就把人家吓跑了。哎，也只有他，才会那么执着，那么付出……

再往前走，我便看见四个孩子，手里提着一袋废品，匆匆走着。我又忍不住回到了他的住处。我说，你们爸爸病得重吗？

一个孩子低下头说，是的，很重，有时候还吐血。

我的心一紧，我说，那他为什么不去看医生呢？我看了看房间，里面贴满了明星和各种励志格言，要不是在报纸上看过他的新闻，丝毫想不出，这里竟然是个流浪儿之家。

孩子们都低着头，沉默良久，一个孩子说，我们也劝过他，但他说，只是小毛病，吃点儿药就没事了。

大概多久了，我继续问。

孩子们平静地说，都两年了。我们都知道他是牵挂我们，怕住院后，就没有人来照顾我们。其实，我们已经长大了，我们已经懂得照顾自己。

所以,你们每天都捡废品,赚点儿钱,希望能让他早点儿去医院。

孩子们点点头,一个孩子摊开长满厚茧的双手说,其实,这两年来,我们什么都做过,卖过报纸,做过砖工,也进过工厂。我们都知道郑爸爸是个好人,所以,大家都希望他能一生平安。

我不禁被这些孩子深深动容。临走时,我掏出一些钱放在桌子,任凭好说歹说,孩子们都不肯收,他们说,从小,郑爸爸就告诉我们,做人一定要有骨气。

我只好说,就当是借吧,等你们长大了,还得还。

孩子们送我出门,一个孩子说,叔叔,你也是个好人,你还会来看我们吗?

当然要来。我说,下次我给你们带点儿书来,这样,你们的业余生活就会丰富一点儿。

再次见到他,是在三个月后,他的三轮车上载着个孩子。

真是个苦命的孩子。他说,没了父亲,母亲又离家出走了,一个人孤苦伶仃地在街头流浪,我就把他接回来了,可是我能帮的就这么多,他的人生路还得靠他自己去走。

我叹了口气。

男人又说,我也知道这种收养是不合法的,所以每次把孩子带回家后,我都想方设法去寻找他们的亲人,送他们回去,只有无家可归的才留在身边。

所以,这些年,你宁肯自己单身,为的就是这些孩子吗?

是的。我答应过自己,只要还有一口气在,就不会让一个流浪的孩子在街头露宿。哪怕,哪怕,我一辈子光棍。

　　道别的时候,我忍不住深情地和男人拥抱,为他,也为那些孩子。

　　后来,便听到了他病逝的消息。

　　他叫郑承镇,山东省济南市天桥区北坦社区的居民。23年间他收养了400多名流浪儿童,被人尊称为"流浪儿之父"。

　　凡生命之苦尽予收容,这是他和我说的最后一句话,我知道,这句话是我所听过的世上最动情的语言。

第二辑

种欢喜得欢喜

爱出者爱返，福往者福来。

给出爱的报答是你惊觉原来你的心里有这么多的爱，越给出得多，心里越盛它不下，胸怀宽广，爱在里面开出一片花海。

送出福的报答是你惊觉送出去的幸福越多，你的心里越充满幸福感，幸福如海，你是那海里的银鱼，活泼甩尾。

给出爱的一瞬间，你已经是一个充满爱的人；送出福的一瞬间，你已经是一个有福的人。

母亲营养法则

小舟亮

母亲住在距城市二百里外的乡下，那当然也是他的老家。城市有直通村头的公共汽车，一天一班。一年中绝大部分时间，他和母亲间的联系几乎全靠了这辆汽车。每隔一个星期，母亲都要托司机师傅为他捎来一些新鲜蔬菜，西红柿、黄瓜、韭菜、白菜、萝卜、卷心菜、莴苣、大葱、豆角、冬瓜……母亲的菜园物产丰饶，她是一位勤劳的农夫。

母亲知道单身的他不喜欢蔬菜。如果不是为了营养，他很少去超市买回青菜，餐桌上更是极少出现哪怕一丁点儿绿色。还好有母亲为他捎来的蔬菜。蔬菜们堆在冰箱，打开就能看见。那是母亲亲手种出来的，散发着故乡泥土的芬芳，当然不能够浪费。于是他的一日三餐，就有了些强制性的较为合理的科学搭配。

有时母亲会打来电话。她问他看见我捎给你的芹菜了吗？他说看到了，两大捆。母亲说多吃些。电视上讲了，芹菜粗纤维含量高，对人体有好处。他说好，偷偷笑。他不满十岁的时候就知道芹菜粗纤维含量高，他还知道芹菜应该先烫后炒。他不是不懂做菜和营养，他只是反感那些细致繁复的烹饪过程。还有，他管不住自己苛刻贪婪的味蕾。

母亲又打来电话，告诉他冬瓜可以减肥。昨天给你捎了一个，你尽量多吃些，母亲说，电视上看的，据说效果很好。母亲不识字，乡下又没什么娱乐，电视早已成为她的最爱，尤其是烹饪和营养类节目。他说好，仍然偷偷笑。他的确需要减肥。可是他不喜欢冬瓜。他甚至认为冬瓜不应该属于蔬菜。又丑又大的冬瓜，一个可以吃上半月。再好吃，再有营养，也早腻了。

他见过母亲的菜园。在夏天里，在他难得回一趟老家时。菜园不大，生菜们绿得像翡翠，西红柿红得像太阳，细细的篱笆上爬满镰刀似豆角。还有一口水井，还有水井里的青蛙。可是那样一小片菜园怎么能种出这么多东西呢？有时候去超市，他就故意跑去看蔬菜，于是他惊奇地发现，母亲种出来的蔬菜，甚至比超市里的还要好出很多。

时间久了，心中自然产生一些怀疑。

终于那一天，他在母亲捎来的蔬菜口袋里发现一个方便袋。那是乡下镇上超市里的方便袋，印着地址和电话，装着几头乒乓般大小的大蒜。母亲把电话追过来，她说，多吃大蒜防癌……他说我在菜口袋里发现一个方便袋，是镇上超市里的。母亲说是吗……可能我用超市的方便袋装了什么东西吧……

他却不信了。几天后晚上看电视，正好遇上一档营养类节目。主持人笑盈盈地说，木瓜是水果之王。要多吃木瓜……

第二天打电话给母亲，问，下星期您想给我捎些什么菜来？

母亲说除了以前的那些,还想给你捎两个木瓜。村子里有人种,结了很多,就送我四个……木瓜是水果之王……

他手捧电话,狂笑不止。他们住在华北平原,这里怎么可能长出木瓜呢?他笑了很久,终于停下,再叫一声妈,一滴泪滑落脸颊……

爱是人世间最美的语言

花瓣雨

泰国是一个极富宗教色彩的国度，生态优美，野生动物繁多，且寺庙林立。在众多的寺庙中，却有一座与众不同的寺庙引起了人们的注意，因为这座寺庙中生活着几十只老虎。

这些看似凶猛的老虎，每天温顺地与寺庙中的僧人耳鬓厮磨、朝夕相处。久而久之，人们竟然忘记了寺庙原本的名字，都管这里叫作虎庙。

那么，虎庙中的僧人怎么与老虎走到了一起呢？

是这样的，多年前一只虎妈妈吃了当地农民的奶牛而被枪杀，小虎崽被卖给了当地一个制作标本的人。当时，小老虎已经被注射了药物，背部的皮也已经被切开，就在它危在旦夕之时，一个好心人花了5000泰铢把它买了下来，送到了寺庙里。

从此，僧人阿赞便担负起了精心照料小老虎的责任。但不幸的是，几个月之后，历经磨难的小老虎还是夭折了，阿赞为此痛不欲生。

但阿赞收养老虎孤儿的故事就这样传播开来。不久后，又有两个克伦族人送来了两只老虎孤儿。此后，时不时会有小老虎被送进来,而且它们都有着相同的故事:为了钱,那些偷猎者丧心病狂,不惜将虎妈妈杀害,它们便成了孤儿。于是,越来越多的僧人开始和阿赞一起照顾这些老虎孤儿。

自此,寺庙里的老虎就越来越多,数目甚至超过了僧人。僧人则像对待自己的孩子一样把它们抚养长大。后来,僧人们便试图让这些老虎回归大自然。于是,在一个晴朗的早晨,僧人便带着这些老虎走进了深山老林……可是,当他们回到寺庙时,眼前的一幕让他们惊呆了:那些老虎已经比他们还早一步回到了寺庙。

看到僧人的一刹那,一只只老虎扑向了僧人,用两只前爪环绕着僧人的脖子,伸出舌头舔舐着僧人的脸,仿佛孩子见到了久别的妈妈一样。从此,这些老虎开始正式在寺庙里安家,并与僧人之间结下了深厚的感情。

慈悲的出家人与兽中之王同处一寺、和谐相处的事迹很快吸引了众多媒体的关注。泰国电视台播放了相关的专题片,美国《时代》周刊还将虎庙列为"和平共处的最佳课堂"。虎庙也因此吸引来了无数的游客。这时的阿赞也从中也觉察到了敏锐的商机,开始正式训练老虎。

这些受过恩惠的老虎,就像"感恩"似的,在僧人的调教下很快掌握了许多本领。当游客们前往虎庙观光,并想靠近老虎拍照时,僧人只要用心灵与老虎沟通,在老虎的耳边轻轻低语几句,老虎便会心领神会。

于是,这些兽中之王非但不与人作恶,而且变得非常温顺。当然,一些特殊的合影,费用是每人1400泰铢,这些特殊的合影包括让老虎的头枕在游客的腿上，让老虎仰卧，或者是让老虎跳跃等。而老虎也由此给虎庙带来了源源不断的钱财。

　　面对越来越多的钱财，一个梦想在阿赞的心中诞生：有朝一日建立一个老虎岛，游客隔着护城河可以观察老虎在里面自由活动，自己捕猎，恢复野性。

　　当然，实现这个梦想还需要更多的钱，虎庙没有任何来自政府的财政支持，所需要的钱都将来自游客的参观收入和捐赠。阿赞经常在老虎的耳边低语："你们一定要努力赚钱，为你们的将来赚钱。这是一个遥远的梦，但一定要坚持。"或者老虎根本就听不懂阿赞的话，可谁又能说爱不是人与动物之间共同的语言呢？

　　爱是人世间最美的语言。世界因为爱，而多了感动；世界因为感动，而多了感恩。或许感恩只是动物的一种简单习性，但因为懂得了感恩，也才能为自己寻求一种救赎的法宝，给自己带来一个美好的未来。因此，人虎共存的和谐之美，也必将使阿赞的梦想早日变为现实。

小猫史莫奇

[美] 潘妮·波特 著
庞启帆 编译

第一次见到史莫奇的时候,它正在大火中。那时我和我的三个孩子到小镇外的垃圾场去倾倒垃圾。当我们靠近垃圾坑时,我们听见旁边浓烟滚滚的砾石堆里传来一声声猫的惨叫。

突然,一只被铁丝捆住的、正在燃烧的巨大的硬板纸箱爆炸了。爆炸声夹着尖利的猫叫,我们看见一只小猫火箭般"嗖"地蹿向空中,然后"叭"地落在已经烧成灰烬的垃圾坑里。

"妈咪,救救它!"3岁的杰米喊道,她和6岁的贝基探头看着还在冒烟的垃圾坑。

"它不可能还活着。"16岁的斯科特说。然而烧得面目全非的小猫奇迹般地站了起来,再挣扎着爬上地面,向我们爬过来。"好吧,我们带它回家!"说着,斯科特蹲下身,用我的大手帕把小猫包裹起来。

回到我们的农场,我的丈夫比尔也刚拖着一身疲惫从外面回来。看到我们的新"客人",他立即皱起了眉头。比尔一点儿都不喜欢猫。况且,这不是一般的猫,除了那两只大大的眼睛之外，身上没有什么幸存的地方了。

但我和孩子坚决留下了小猫，并且我们坚信它能好转起来。我们给它涂上药膏。三周后，它的尾巴脱落了，全身一根毛也没留下。它也许是世界上最丑陋的小猫。但我和孩子们都很喜欢它。我们把它起名为"史莫奇"。

比尔不喜欢史莫奇，而史莫奇也讨厌比尔。原因是比尔抽烟。当他用打火机点燃香烟时，史莫奇总是十分惊恐，一溜烟跑到屋外。

一段时间后，史莫奇的身体已经全部好转，忍耐力也增强了。比尔抽烟的时候，它躺在沙发上看着他。一天，比尔对我吃吃地笑着说："讨厌的小猫让我觉得自己像是做错了事。"

慢慢地，比尔成了史莫奇最关心的人，这让我们全家都很奇怪。而且不久之后，我注意到了比尔的变化，那就是他很少在屋里面抽烟了。一个冬日的晚上，我看到了意外的一幕：比尔正坐在火炉前烤火，而史莫奇竟卷缩在他的膝盖上。我还未开口，比尔尴尬地说道："它可能怕冷。你知道，它没毛了。"但是，我记得史莫奇喜欢冰凉的地方。我知道，比尔开始喜欢这只怪模怪样的小动物了。

史莫奇三岁时，有一天比尔带着它一起去寻找失踪的小牛。找了几个小时之后，比尔下车去查看，车门没有关。牧场很干燥，草儿都已经干枯。一场暴风雨就要来临，还没找到小牛。比尔感到泄气了，随即不假思索地从口袋拿出打火机，旋动火轮打火。一点儿火星溅到了地上，几秒钟之后干草就燃烧起来了。

惊慌失措中，比尔把小猫抛在了脑后，回到家他才想起小猫。"史莫奇！"他急忙喊道，"它一定跳下车跑了！它回家了没有？"

没有。更糟糕的是，这时外面已经大雨滂沱，我们无法出去寻找它。比尔忧虑万分，不断地自责。第二天我们一整天都在寻找它。但是没有用。两周之后，史莫奇仍然没有回家。我们都绝望了。

紧接着，一场50年来最强烈的暴风雨袭击了我们地区。清晨，洪水漫延几英里。比尔和斯科特在深及膝盖的水中涉水而行，把叫个不停的小牛犊转移到安全的地方。

我和杰米正目不转睛地望着这一切，突然杰米喊道："爸爸，那边有只小兔，你能救救它吗？"

比尔涉水走到那只动物趴着的地方。靠近那个小家伙时，比尔失声喊道："是史莫奇！"

当可怜的小猫爬上比尔的手掌时，我的鼻子一酸，眼泪忍不住流了出来。

史莫奇又回家了。但是，史莫奇从未真正强壮起来。在它4岁的一天早上，我们发现它软绵绵地躺在比尔的椅子上，心脏已经停止跳动。

埋葬史莫奇后，我在日记中写道：史莫奇教我们学会了信任、友爱，让我们懂得了面对不可能的逆境时也不要失去希望。它提醒我们，不是外在的事物，而是我们内心深处的某种东西起决定作用。对我来说，它永远是世界上最漂亮的小猫。

/049

在爱面前，连死神都会却步

清心

2011年7月2日中午13点左右，在杭州滨江某住宅小区里，如同晴天响起阵阵惊雷，突然传出令人恐慌的尖叫声。

发出尖叫的是小区的几个业主。原来，他们发现一个女童正趴在十楼的窗台上，小手抓着栏杆，两只小脚正在慢慢向下滑。大家的心顷刻提到了嗓子眼，额头以及手脚都紧张得渗出了汗珠。一时间，有人报警，有人去叫保安，有人紧张地大声嘱咐着："孩子，小心！千万别乱动啊！"这时，住在九楼的一个男子，已经从家里搬出梯子搭过去。无奈，梯子太短，他试了几次，依然无法接到孩子。很快，又有邻居扛来了梯子……然而，就在梯子刚刚伸到孩子脚下时，意外发生了，她突然头朝下掉了下来……

在场的人都惊呆了，每颗心都像被重物狠狠地砸了一下，跟着小女孩的身体嗖嗖跌落！在这千钧一发之际，一个穿连衣裙的年轻女人奔跑过来！她专注地仰着头，张开双臂，在孩子即将落地的一刹那，硬生生地用左手臂将她接了一下。只听"砰"的一声，两人同时倒在了草地上。女人当场晕了过去，小女孩嘴角淌着血，一动不动，悄无声息。大家急得眼泪都快下来了。好在，几分钟过后，女孩"哇"的一声哭了出来，在场的人终于缓了一口气。接着，在大家的帮助下，保安迅速将两人送往医院抢救。

据了解，坠楼的女孩叫妞妞，只有两岁半。出事时，她的爸爸妈妈都去上班了，只有奶奶在家看护她。开始，大家以为徒手接住妞妞的年轻女人一定是她的母亲。因为，英勇无畏、奋不顾身这些词，一直都跟母爱联系在一起。然而，很多时候，真相往往超乎人们的想象。记者了解到，女人叫吴菊萍，今年31岁，嘉兴王江泾镇人，来杭州已经11年了，现在阿里巴巴诚信通做销售客服。她与爱人租住在事发小区，孩子才七个月大，正在哺乳。并且，她与妞妞素昧平生。

根据公式计算，吴菊萍这一伸手，等于接到了一个300多公斤重的物体。X光片显示，她左手臂的尺桡骨断成了三截，骨头断端已经戳出皮肤，必须立即手术。专家认为，她的伤势治愈可能性是95%，完全康复大约需要半年的时间。另外，因为治疗期间需要服用大量药物，医生建议她立刻给孩子断奶。

然而发生这么大的事，吴菊萍打电话跟公司请假时，却只是轻描淡写地说了句："对不起，我的胳膊骨折了，需要休息三个月。"从头至尾，并未一字一句提及救人。

另外，当记者问到事发时她的真实想法时，吴菊萍温婉一笑，露出一口洁白的牙齿："我想应该是本能吧，是作为一个母亲应该做的事情。"

说得多好！她的一托，不过是本能！是一个母亲的本能，

/051

一个内心充满大爱的人的本能！是啊，那一刻如果她有时间思考，想想可能发生的生命危险，想想家中嗷嗷待哺的幼子，又怎会义无反顾地冲上去呢？看着电视上那张朴实动人的笑脸，喉头一哽，双眼情不自禁飞上泪水。我想，幼吾幼以及人之幼，应该是一个女人作为母亲的最高境界了吧。

事发后，院方负责人表示，吴菊萍的治疗费将全部由医院承担。阿里巴巴公关部总监顾建兵亦宣布：公司将奖励吴菊萍人民币20万元作为"感动阿里奖"，并在"吴菊萍看病和身体恢复期间，给予带薪假期"。另外，她还被授予杭州市"见义勇为积极分子"和"三八红旗手"称号，被总工会授予"杰出职工荣誉"等称号。同时，还被无数网友尊称为"中国最美妈妈"。面对突如其来的各种表彰，吴菊萍感到很意外。她微笑着说："我希望能将更多的爱心传递给更多的人，这样，人与人之间就不会有那么多隔阂，生活就会更美好。"这个自称"普通得不能再普通"的女人，用简单朴实的话，说出了使人深思的"获奖感言"。

最令人高兴的是，妞妞经过全力抢救，在昏迷了整整十天后，终于醒了过来。

听着她奶声奶气地叫着"妈妈"，在场的医护人员掉泪了，躺在病床上的吴菊萍妈妈掉泪了，守在电脑前关心妞妞的网友们也掉泪了……专家说，妞妞伤势如此严重，竟然能够醒过来，不能不说是个奇迹。这样的情况，无论在教科书里，还是在临床上，他们从未遇到过。

是啊！爱是人间的春风，爱是生命的源泉，只要有爱，什么奇迹不会发生呢?记得,跟儿子看过一个动画片,里面战胜邪恶的最大力量,不是装备精良的变形武器,也不是令人眼花缭乱的实战高科技,却是人类一颗充满爱心的眼泪。

在爱面前,一切都没什么了不起!有时,甚至连死神都会望而却步。爱是超能量,它有着所向披靡的力量,且永远符合能量守恒定律。

我做泥娃娃的妈妈

清 心

那段时间，女儿爱爱不知在忙些什么，从早到晚总是神神秘秘的。不仅要零用钱的次数多了，而且吃饭时常常心不在焉，刚吃几口就迫不及待地跑出去了。开始，我以为她贪玩，没有太在意。后来，我渐渐发现，她出去的时候，总是先偷偷去厨房，用饭盒装些饭菜才蹑手蹑脚离开家。

心下纳闷，小丫头才六岁，难道也有不想让父母知道的秘密吗？我决定先不打草惊蛇，悄悄地跟踪她。

一次晚饭时，刚囫囵吞枣咽下两个饺子，小丫头的屁股又坐不住了。她抬起清澈如水的大眼睛，瞅了瞅我，又瞟了瞟她爸爸，看到我们正在专心吃饭，就悄悄放下筷子，怕被发现似的，轻手轻脚地离开了餐桌。那天，因为知道她要"偷"饭，我特意多包了些饺子。

看她出了门，像影视剧里的侦探那样，我暗自尾随其后。

下了楼，她抱着饭盒急急忙忙地一路小跑。不一会儿，小小的身影就闪进了一个车库。心里的疑团更大了。车库是业主停车的地方，她去那里干吗？走近一看，才发现那个车库已经被改装了。自动门换成了铝合金门窗，薄薄的廉价窗帘透出昏暗的灯光。里面影影绰绰有人在走动,可能是变车库为出租房了。

微风吹过,掀起窗帘一角,我惊讶地看到,爱爱正在喂一个小男孩吃饭呢。男孩背对着我,看不清模样,从身高猜测,应该比女儿稍大。屋子里几乎没有什么摆设,简陋的双人床上,半躺着一个年过花甲的老人,头发胡子全白了,还时不时发出一阵猛烈的剧咳。

这时,女儿稚嫩的声音,花瓣般飘过来:"石头哥,你快吃啊!多吃点儿,饺子可有营养了。"

耳边传来男孩的抽泣声。接着,又听老人说:"爱爱,这些天多亏你照顾石头啊!真是好孩子!石头跟我说,你是降落凡间的天使呢。"

女儿却纠正道:"不对,石头哥才是天使。"

男孩终于说话了,发音却含糊不清:"爱爱是天使!"

女儿坚持着:"石头是天使……"

男孩着急了,声音提高了些:"爱爱是天使……"

就这样,两个孩子你一句,我一句,一遍遍倔强地重复着,说着说着,便一起咯咯地笑了。

心里澎湃起万顷碧波,眼睛也涌起了自豪的泪花。这些天,我的宝贝女儿竟然在助人为乐呢。

第二天,我去居委会了解情况。

原来,石头是老人拾荒时捡来的弃儿。他先天残疾,不仅有唇裂,视力也很差。老人一直独居,微薄的收入连温饱尚难保证,哪有能力帮他看病呢?小区里一个好心的业主,因为车库闲置着，就改装了一下，收留一老一小暂时住下了。

女儿告诉我，两周前，她玩耍时路过那个车库门口，恰好遇见石头在伤心地哭泣。原来，他刚刚听到小朋友在唱《泥娃娃》的儿歌。"泥娃娃，泥娃娃，眼睛不会眨，是个假娃娃，没有爸爸，也没有妈妈……"他一下子想到了自己的身世和遭遇，不禁触景生情，眼泪落花般，簌簌掉下。

老爷爷对女儿说，石头没有见过妈妈，连她长什么样都不知道，可怜啊！从小，因为身体残疾，没有人跟他玩，相反，许多孩子还常常笑话他，欺负他。所以，他一直很孤僻自闭，极少开口说话。

女儿拿出手帕，帮石头擦眼泪，还一个劲儿地安慰他："别哭！别哭！没关系，以后我陪你玩，我保护你，我做你的妈妈。"

从那以后，她常从家里拿好吃的饭菜给石头，还把自己的零用钱节省下来，给他买文具和玩具。女儿仰着向日葵般的小脸，认真地承诺着："我一定做个称职的好妈妈！"

爱爱说完，在我怀里灿烂地笑了，眼睛弯成月牙儿。我看到，阳光突然在眼前开了花，大朵大朵，一开一大片。

在我的发动下，小区的居民踊跃给石头捐款。半年后，我和老公带他去北京做了唇腭裂修复手术。医生说，经过一段时期的语音训练，石头就能像正常孩子一样清晰地发音了。另外，经过同仁医院检查，石头属于先天性高度近视，暂时没办法医治，我只好给他配戴了眼镜。虽然鼻梁上架了瓶子底，但他的视力一下子提高了很多，完全可以应付学习和正常生活。

  一年后，石头和女儿一起，快快乐乐地去上学了。他的学费，全是物业及小区居民资助的。大家都说，男人少抽一包烟，女人少买一盒化妆品，石头就能一直读书了。

  女儿问我："妈妈，你们为什么对石头都这样好呢？"

  我揽她入怀，一脸幸福地答："因为大家和爱爱一样，也想做泥娃娃的妈妈呀！"

  世间有许多像石头一样的泥娃娃。我想，我可以做他们的妈妈，你也可以做他们的妈妈，我们大家，都可以做他们的妈妈。即使，有时我们无力改变他们的命运，但大家的每一份关心与照顾，都能温暖他们凄凉的心，让那些弱小无助的生命，在爱的包裹下，生出希望的芽，开出美丽的花。

飞鸟的敬礼

［澳］安妮·马尔 著
若拉 编译

我们全家人1955年从祖母在澳大利亚阿德莱德市留下来的一座大房子搬了出来，搬进了父母在南澳洲诺阿伦加港买的一座新房子。说是新房子，其实是几年前建的，一直没人住，倒是住着不少爬虫、蜥蜴和蛇。

搬进去的当天晚上，我和两个妹妹为了壮胆儿，住在了一间屋子，妈妈还在我们的门外放了一盏灯。刚躺在床上，我突然看到墙上有个黑影，大叫起来："蜘蛛！"。我那年刚7岁，在我眼里，那个蜘蛛是个巨大的怪物。

我的尖叫马上把爸爸吸引了过来，问我："什么？"

我指了指墙上的蜘蛛，爸爸耐心地对我笑了笑。"哦，就是它？"他伸出一只手，让蜘蛛爬到了他的手掌上。然后，他向我们解释，蜘蛛是个猎手，一般不会伤人，还会保护我们免受苍蝇和蚊子的伤害。说完，爸爸小心地把它拿出门外，放在了园子里。回来后，他又告诉我们，不是所有的蜘蛛都可以随便拿在手里，也有很多是有毒的，要是我们再发现屋子里有蜘蛛就叫他。那一天，是我们学习自然知识的开始。

爸爸讲的自然知识让我一生受益匪浅，我从中知道了怎样照顾鸟儿或者其他动物,也遇到过很多受伤需要照顾的动物。1982年,我和丈夫柯林在墨累河岸边开了一家房车旅店,从那时起,孩子们经常会把附近需要照顾的鸟儿带进我们的办公室,有的是刚孵出的小鸟,还有一些是受伤的鸟儿。爸爸路过时有空就进来照看一下,每当看到一个"病号"恢复了健康,重新飞回到了野外,他就会高兴得像个孩子一样。

2001年,丈夫身体不大好,我们就退了休,爸爸搬过来和我们同住。我们买了一座100年前建成的石头房子,经常会有大量的野生动物游荡在房子四周。一些生病、受伤的鸟儿会"落难"到我的院子,爸爸这下能在近处看看它们了。这些鸟儿康复之后,我们就不再把它们关在笼子里,让它们在阳台上重新练习飞翔。一天,一只珍稀的髻鸠钻进了农场里的一台葡萄采摘机,看到的人把它送到我这里时,它的状况已经很差了。爸爸不敢肯定它是否能活下来,但是我们一致决定尽一切可能救活它。爸爸用注射器给它喂食、每天给它洗澡,它的眼睛肿得睁不开,爸爸还要每天给它滴眼药水。一个星期后,它又能看东西了,但是它发现自己在笼子里时很烦躁。

"把它放在鸟舍上面试试,"爸爸建议。它的翅膀伤还没好,飞不起来,但是在鸟舍上安静了下来。我们把草籽和水放在鸟舍上,这只髻鸠在上面待了两个星期,每天张望着四周。

一天早上,又有几只髻鸠飞过来,落在了院子里的水箱上。爸爸喊我:"过来看看!"

我们的髻鸠拍打着翅膀,准备做受伤后的第一次飞翔。

接着，它展翅飞向了同伴们。那几只鸰鸠好像很想念走失的伙伴，它们欢快地互相鸣叫了半天，然后一起飞走了。

"现在皆大欢喜了。"爸爸微笑着说。

爸爸87岁时，在他去世几个月前的一天，他正在走廊里站着，一只鸰鸠从附近的一棵树上飞了过来，轻轻地落在了他的肩膀上，爸爸站着没动，让它安然地待了一会儿。这只鸰鸠柔和地"咕咕"叫了几声，然后就飞回了树丛。

爸爸说："感谢上天，这是第一次有一只野鸟飞过来落在我的肩膀上。这是我多么大的荣耀。"

这是爸爸有资格享受的荣耀。

丰盛的晚餐

[美] 杰夫·格林伍德 著
孙开元 编译

尼泊尔的阿伦河谷风景如画，但是在上世纪80年代去那里旅游的人不是很多。对于我来说那里就是一座座深山，旅行者能找到一块荞麦饼吃就非常幸运了。

1984年我出差去加德满都住了一段时间，为了生活学了几句尼泊尔语，于是想一试身手，坐飞机去了图灵达，再徒步向北，打算去阿伦河谷旅行。

那时刚进四月，天气潮湿阴冷，我的背包感觉越来越沉重。在泥泞滑脚的小路上走了几个钟头后，我知道得找个帮手了。我在路过的一座小镇停了下来，雇了一位名叫诺布的导游，他只有十几岁，很和气，也很有劲儿，他轻松地背起了我的背包，我们结伴朝着白雪皑皑的群山走去。

又走了一段时间，脚下的路干燥了一些，也更高了，路边开着鲜红的杜鹃花。诺布和我爬过了一道道山脊、钻过了一个个山沟，一边走一边讲着各自的故事。一天早上，他说想去附近的一座名叫巴拉的山村看看，他的爷爷奶奶是那个村里的长老，他已经好几年没见过他们了。

我有些犹豫，不想给别人增加负担。尼泊尔这个地区土地贫瘠，现在漫长的冬天刚刚过去，食物正匮乏。我们带了一些面条和干肉，去了也要自己做饭吃。

"但是他们肯定会留咱们吃饭的，"诺布回答我，"你会是他们的贵客，你是第一个到这村子的美国人。"

我们在中午走到了巴拉村，这个村子坐落在两座山中间，简直是沙漠里的一片绿洲，房子都很矮小，外面围着土墙。不出诺布所料，他受到了人们的热情欢迎，仿佛是在迎接一位从月球归来的探险家一样。我是他带来的一位陌生的外国人，小孩子们围着我跑来跑去，有的盯着我的鼻子看，有的扯一下我的胡子，有的从我风衣上拽下一撮皮毛拿着玩。

诺布的爷爷和奶奶住在村里最大的一座房子里，虽然我再三急切而又诚恳地谢绝，可是这两位身材瘦小的老人还是坚持要为我们准备一顿饭。

他们为我端来了一瓶当地的米酒，我喝了几口，借着酒劲儿爬上了不远处的一座小山，欣赏着太阳落下山麓的美景。我作为一名外国人，此时置身于遥远的喜玛拉雅山里的一座小山村，成了当地部族人的一位贵客，这种感觉真是奇特。旅行者们在某些特殊时刻会有一种感觉：是你一生的积淀带着你此时此刻来到这里。

当最后一抹夕阳略过云端，在天际渐渐消失，我听到了一阵有节奏的牛铃声，这是饭已做好的信号。我下了山坡，顺着一个窄胡同的石墙找了回来。

这里没有电，诺布的爷爷奶奶住的唯一一间屋子里点着牛油灯。靠着土墙的几把矮木凳上坐满了村里人，在打扫过的地面中央单独摆着一把木椅，上面铺着一块手织的毯子，这是我的专座。

我坐下后，屋子里安静了下来。穿上了最好的羊皮大衣的奶奶从灶台后转到我身旁，手里端着个铜托盘，上面摆着一大坨米饭，还有香喷喷的煮扁豆。她还准备了两样小菜，有青菜炖土豆、一小碗腌菜。最上面是一只炸鸡蛋，在这个小山村里少有的盛宴。

当我看到盘子里有鸡腿时，心里更加过意不去，老夫妻俩为了招待我们，杀了家里仅有的几只鸡里的一只。

诺布的奶奶把沉重的拖盘放在了我的腿上，我感到身上一阵温暖，心里在乱想着：这个地方又穷又陌生，加州的家人们现在做什么呢？我习惯性地夹起一只腿准备吃饭，谁知一不留神，托盘翻了，饭菜全洒在了泥土地上。

空气好像凝固了，客人们都很吃惊，大气不敢出，我更是惊慌，赶忙站起身，连声向主人道歉。诺布的爷爷把一只坚实的手掌放在我的肩上，转过身看着目瞪口呆的屋里人，温和地说："没事，今天来了贵客，我们都很高兴，不是吗？"众人点了点头，舒了口气。

我沮丧极了，走出屋子，找到诺布，对他说："我闯了祸，是不是应该离开这里？"

"你疯了吗？不用走，回屋里，"他说，"等着，他们会重新给你做一回。"

是的，他们做了一顿比刚才更丰盛的晚餐，我们坐在一起，吃得其乐融融。在那个偏僻陌生的山沟里，我享受了一生中最温馨的一次晚餐，也学会了如何与人相处。

鸟飞即美

瘦尽灯花

环滁皆山也。

逸马毙犬于道。

以上不过是简洁的叙事,就好比上古传下来的"断竹续竹,飞土逐肉"。

而"鸟飞即美"四个字却是简洁的真理。

谁见过哪只鸟飞的时候是不美的?

无论是鹰展翅悬浮,还是像炮弹一样俯冲下来捉兔,你甚至可以看见它"哧哧"地响着把气流劈开时冒出的火花;还有燕子抄水,然后在嫩柳影里一掠而过;甚至是麻雀舞动着短小的翅膀"忒楞"一下飞起,再"忒楞"一下落下。

是的,鸟飞即美。

就好比花开即美。

麦稻扬麦开花,那样微小的花也好看。还有大豆花、棉花开的花、倭瓜花。

绒树花开出绒绒的丝,如果长长些,粉光脂艳,可以拿来绣枕套、袜子、裤脚、袖边、鞋垫、门前张挂的帘。

曼朵花有扁扁的籽,随便洒在土里,夏日一丛一丛地开,绉纸一样一串串穿起在枝子上，是一首首深红粉白的词。

丰子恺说他不曾亲近过万花如绣的园林，看见紫薇花，或是曾使尚书出名的红杏，或是曾傍美人醉卧的芍药，可是象征富贵的牡丹，觉得不过尔尔——那不过是一个不爱花的人的偏见。

对了，还有蔷薇。

还有山药花，就是大丽花，红得像血，黄得像反光的腊冻石，白得是凝脂玉。一层层一瓣瓣，开这么好看，不累吗？

鸟飞即美，花开即美，猫动不动都是美。到处都是被我们从手指缝里、眼睛边上，丢掉、漏掉、扔掉的美。

这样的美攒不起来，当季而开，当季而萎，倏忽而来，倏忽而去。不过花开攒不起来，"花开即美"这四个字攒得起来；鸟飞攒不起来，"鸟飞即美"这句话攒得起来。

好句子会发光的。《旧戏新谈》里，黄裳说他看了戏《盗御马》：马被偷，传到梁九公耳内，梁九公大怒，第一个先骂了彭大人一顿，彭大人一回头大骂差官一通，差官恭送大人如仪，一转身就又挺直了肚皮，对着一排跪下的小兵大骂一通，最后只剩下小兵，爬起来一望没有可以出气的人，两手一扬，叹息而入。黄裳说由此可看出中国官场的那一套，"我推荐这当是京戏中的杂文"，我觉得这句话甚美，像铁做的海胆，能当千斤坠。

还有不知道话忘了从哪里得来："人心似水，民动如烟"——我的心旌摇动，觉得被一个威严的帅哥威胁了一般。

所以说好句子还有气场，有的暗黑，有的明亮，有的让人神闲气定,有的让人神魂不安。

这种痴迷于花朵、飞鸟和美言美句的心理,一开始让我觉得极羞耻——思想的瓢不肯去讲究,为什么要贪看外面一层皮。然后看到汪曾祺的话,他说:"我非常重视语言,也许我把语言的重要性推到了极致。我认为语言不只是形式,本身便是内容。"真是知音。

世间最大之物不是天,不是地,不是宇宙,不是世界,而是言语。它是容器,命名了最大之物和最小之物的存在。若非它,天、地、宇宙、世界,都只是混沌一块,辨别不出来;而一旦命名了它们,它们便都在语言的包容之内。世间最小之物不是微尘、不是芥子、不是蝼蚁,也是言语,因为任何一粒微尘、芥子、蝼蚁都可以从语言的细网里捞出来,而一旦捞出,它们便各个都大过了用来命名它们的言语,微尘可观世界,芥子能纳须弥,蝼蚁有头脑躯干四肢,赤黄红白黑……

多么神奇。

夜读书,猛然读到一句"天真在这条路上,跌跌撞撞,她被芒草割伤"一句话说得我心伤。天真竟然会被柔软的芒草割伤啊,一根柔软的芒草就能把天真割伤。

鸟飞即美。谁说美丽的文字不是一只只鸟从天空飞过?谁义能说一只只鸟从天空飞过,不是一个个美丽的文字?若是成行便是句子,若是成阵便是段落,若是林噪雀惊,那是一篇野兽派的小说。若是天鹅起舞呢?除了造物主,谁配得上写这样的诗?它负责创作,我负责欣赏。

种欢喜得欢喜

顾晓蕊

那是一个晴朗的秋日，阳光洒满小院。有很多孩子在玩滑梯、荡秋千，或在院里你追我赶地疯跑，清脆的笑声中，夹杂着含糊不清的话语。穿着棉布碎花裙的女孩，蹲在一棵桂花树下，眼睛盯着地面，仿佛周围的喧哗都与她无关。

这是一所聋儿语言康复中心，看着那小小的孤单的身影，我心里升起一种莫名的酸楚。

每天为生活奔波忙碌，还要与青春期的女儿"过招"，有一段时间我的心情很低落。在某论坛看到这样一句话：跟我一起做义工吧！去找寻"快乐密匙"。一个周末，我跟随志愿者来到这所特殊的学校。

康复中心的老师介绍说，这里的孩子有不同程度的听力障碍，经过治疗后，还需接受专业的语言训练。跟这些孩子说话时，尽量语速放慢，口形稍夸张些。尽管老师再三交代，我还是觉得沟通起来有些困难。

我上前跟女孩搭话，你几岁了？家住哪里？可她不予理睬。她就像生活在孤岛上，喧哗如潮水般漫过来，经过她身边时，皆要绕道而行。她低着头，用树枝在地上胡乱划着，这让我感觉很没趣。

难道她听不到我讲话，或者不会说话吗？我带着疑惑向老师询问，他解释了其中的缘由。

女孩曾接受过学前语言康复训练，她既聪明又努力，各方面恢复得很快，能与他人正常地沟通交流。后来，她到一所普通小学就读，可以跟上班里的学习进度。

跨进初中以后，她变得敏感、脆弱。别人不经意的一句话，或一个嘲笑的眼神，会在她的心里掀起滔天波浪。她的心情很烦躁，不愿与人交流，成绩自然一落千丈。父母只好给她办理休学手续，把她送到这里接受心理辅导。

老师还说，聋儿需要社会的理解和接纳，但同时更重要的是，要学会用阳光的心态面对生活。只有你内心坚强了，遇到那些异样的目光时，才能多一份坦然，多一份包容。

我和她之间仿佛隔着一堵墙，到底要怎么做，才能走进她的心灵深处？我忽然想起包里装着随身听，里面有女儿从网上下载的歌曲，怕影响学习，为此事我还批评过她。

我把随身听的声音调大，是曲调清悠的《蓝莲花》，在好奇心的驱动下，她缓缓地转过身来。我心里一阵暗喜，把随声听递到她手上，然后教她如何选歌。我们相对而坐，听了一首又一首的歌，她黑亮的眸子里闪动着笑意。

我后来又去过那里两次，每次去之前，都会下载一些好听的歌。她仍旧不跟我说话，却会主动坐到我身边，与我一起静静聆听，神情中多了几分亲近。

在随后的日子里，我被一些琐事缠身，抽不出闲暇时间，很久没有参加活动了。

半年以后的某一天,当我走进康复中心的教室时,看到她正伏在桌上。她托着腮想了一会儿,低头在纸上迅速写几句,显得那么认真而又郑重,竟没有留意到身后的我。有个短发女孩站在门口冲她招手,她放下手中的笔,像风一样地跑出教室。

我在她原来的位置上坐下,目光扫过桌上的笔记本,看到一行行整齐清秀的字:

妈妈来看我了,给我一个甜甜的吻。她还告诉我,你每一个小小的进步,对于妈妈来说,都是值得高兴和骄傲的事。听了妈妈的话,我好开心啊!

今天真是愉快的一天,我上课表现好,老师表扬我了,送给我五颗"小红星"。我以后会好好努力,争取得更多的红星。

中午,我们吃了芹菜水饺,这是我最喜欢吃的,味道简直棒极了。想起在家时,妈妈经常包饺子给我吃,我希望能早些好起来,就可以和家人团聚了。

老师说,每个人的心是一块田,你种下什么,收获的就是什么。我要种下快乐,因为我想做一个快乐的人,也想带给别人快乐。

……

就在这时,女孩跑回教室,当她看到我的时候,脸上露出惊喜的笑容。"阿姨好,我想您了。"她缓慢地说道。这下轮到我吃惊了,自从认识她以来,这是我第一次听到她开口说话。她说的每一个字，如同一颗颗珍珠落在盘中，是那么清悦动听。

她的变化让我感到很欣慰，同时心里浮起一阵愧疚。我曾经有过很多抱怨和不满，为女儿不小心打翻奶茶而发火，因她写作业太慢而大声指责……却对她的优点视而不见。对一个并不熟悉的人，我可以尽量给予宽容和耐心，对身边的亲人却吝于赞美。

我的心不知从何时起，变成了荒芜的花园。从今以后，我也要在心田里播下快乐的种子，收获满心的欢喜。我从来没有像这一刻那样，希望赶紧回到家中，给女儿一个深情的拥抱，并真诚地对她说：孩子，其实你真的很棒！

所有美好的事物，
我都要看上两遍

那时青荷

　　所有的事物，我都要看上两遍，一遍让我欢欣，一遍令我忧伤。世界完美地闭合，在两页封面之间，那里，我聚拢起所有的事物，并将它们爱上两遍。

　　一束粉红的玫瑰，插在青花瓷瓶里，像一颗初恋的心，美好而芬芳。早晨起来看一遍，满心欢喜，晚上睡前看一遍，梦也温馨。只是，朝朝暮暮十天半月过去，就失了美丽的颜色，淡了幽幽的清香。一朵花的凋谢，如一份无望的爱，总让人有几许失落，几许惆怅。

　　一封薄薄的信笺，载着梦绕魂牵的思念，藏着万语千言的温暖，像一只情感的扁舟，从遥远的地方开始出发，徐徐抵达另一个熟悉的地址。一路迎着风的轻盈，云的舒卷，恰似春水一般缓慢。写信的他，写好细看一遍，再细看过一遍，然后小心地封好，寄出。收信的她，一样小心地打开，细读过一遍，再细读一遍。从早春的杨柳依依，到岁暮的雨雪霏霏，他一封封写，一封封地寄。她一封封地读，一封封地回。一年年过去了，无论等待的寂寞，还是离别的忧伤，都是才下眉头，却上心头。流年似水，此情无计，多少漫漶无边的光阴,就这样换作了一种相思,两处闲愁。

是的,所有美好的事物,我都要看上两遍。比如,一片蔚蓝的天空,一幅美丽的画,一首清新的诗,一个优雅的背影,一张柔和的面容……是这样的,所有这些美好的事物,都值得看上两遍。一遍因为纯粹的喜欢,一遍因为执着的深爱。

比如这些年,每天都要看两回莫奈《睡莲》,看那幅碧绿清幽的画面,有一种无与伦比的静谧。我曾经用整整一年时间将它绣好,这些年,它一直静静地挂在房间的墙上,静静地陪着我度光阴。我发现,只要我的视线落在那美丽画面上,时间就会变得安静且丰富,内心就会变得从容自足。想象100多年前的夏天,吉维尼小镇那池中的睡莲开得正好,莫奈用他手中的画笔,借着大自然那变幻无穷的光影,画出一朵又一朵盛开的生命,为我们留下永恒无限的美。那是一幅幅永不褪色的画,那种或沉静或明媚的色彩,是可以让人自由呼吸的梦境。

我发现,在喜爱的画幅面前,只要保持一种寂静的喜欢,就是一种着迷,一种珍爱吧。如同珍爱一个小小的梦想,一份灵魂深处的香气。我发现,我喜欢一切与睡莲有关的事物,喜欢睡莲带给我一切的美好。这种感觉,既充满活力,又温柔宁静。也许这其中,也有一种莫名的惆怅,也有一种模糊的忧伤——它们有时沉睡,有时清醒,有时纠结,有时柔和,似光阴凝成的一枚琥珀,安放在生命最柔软的角落,与灵魂相连,生生世世,心心念念。我感觉,这是一种随时间而来的禅,是我的睡莲心情,我的睡莲光阴。

比如这些年,我每年都要看两回《红楼梦》,看那块顽石下凡的警幻传奇。都云作者痴,谁解其中味?一部刻在石头上的故事,读来看似满纸荒唐言,实则都是一把辛酸泪。前半部鲜花着锦,烈火烹油团圆美好,后半部诸芳散尽,三春去后无尽悲伤。那十年不寻常的辛苦,千般同幻妙的悲欣,想来都是一场无常的世事,一程如梦的浮生。那灵河岸边的木石前盟,那三生石上的旧精魂,想来都是生关死劫,都是兰因絮果,一半是旖旎缠绵的明媚,一半是刻骨铭心的离殇。

"都道是金玉良缘,俺只念木石前盟。空对着,山中高士晶莹雪;终不忘,世外仙姝寂寞林。叹人间,美中不足今方信。纵然是齐眉举案,到底意难平。"一曲《终身误》,字字是血,声声断肠,诉不完内心的衷情与苦痛,道不尽命运的无奈与悲伤。想那人生浮沉的万千滋味,到底都是奈何天,伤怀日,寂寥时。那三生石上的前缘和旧盟,到底都是水中月,风中絮,镜中花。那无尽的爱与哀愁,到底都是枉凝眉,都是空余恨,都是一声长长的叹息。

是这样的。所有美好的事物,我都要看上两遍,一遍让我欢欣,一遍令我忧伤。只因为,花开不多时,韶华不重来。只因为,人有悲欢离合,月有阴晴圆缺。只因为,人似秋鸿有来信,事如春梦了无痕。只因为,一个人内心的百转千回,更因为,一个人内心的一往情深。

是这样的。我愿意以我的睡莲光阴,聚拢起一些美好的事物,并将它们爱上两遍。一遍,因为纯粹的喜欢,一遍,因为执着的深爱。

第三辑

怎么好意思不美好地生活

你认为什么是错，什么是对，这些错和对就明明白白地告诉你你是谁，好比用笔画出一个纤毫毕现的人像，每一个线条都是你脑海中对与错的分明的界限。

人与人之所以不一样，就是因为各自有不同的对与错的标准和界限，所以画出了一个个不同的人像。

品

马 浩

品，即众口。一个人怎么样，要众人评说，自己涂脂抹粉，没用。

有关品的词语，诸如品质、品味、品德、品格……通常标杆着一个人的精神高度，也就是人品，无关人的富贵贫贱。

相传颜回从师孔子时，孔子为了考验颜回，故意在颜回如厕时，在厕所内掷一块金子，上面镌有"天赐颜回一锭金"字样，颜回见之，不为所动，并在金子旁留了一行字："外财不发命穷人。"颜回对金钱豁然的态度，也体现他人品的高洁。

在众多的门生中，老夫子对他评价最高，"回也，其心三月不违仁，其余，则日月至焉而已矣"。这句话的意思是说，颜回，他的心始终不离仁德，其他的弟子不过偶然能想到罢了。如此赞誉，孔子似乎意尤未尽，又说，"贤哉，回也！一箪食，一瓢饮，在陋巷，人不堪其忧，回也不改其乐。贤哉，回也！"

人能够抵御住外界的诱惑，遵从自己的内心，此所谓，人到无求品自高是也。不过，人生于世，总会有所求。

滚滚红尘中，人求什么呢？说到底，无外乎二个字：名利，而名利往往又如影随形。其实，人追名求利，不是什么坏事，这要看你如何去追去求，就是说，追求要有底线，不能违背自己的内心，胆大妄为，损人利己。

我有一友，在城里开家小店铺，他至今依旧用着手秤称东西，在信息化时代的今天，电子产品可以说占据了我们的生活，尤其是年轻人看到用老古董手秤，就表示疑议，以为手秤中暗藏什么猫腻，电子秤多好，重量价格钱数，一目了然。

每有人异议，友人就会微微一笑，慢条斯理地回道，手秤是咱们的国粹，小小的一杆秤，它暗含着做人的道理，称称人心，一杆秤称的不是物品的重量，是称一个人的诚信。是啊，说得多好。电子秤虽有直观的数字显示，你看到的，未必就是真的。

不由地让我想到"颜回墨食"的故事，孔子及其弟子们在陈蔡被困，绝粮七天，大家都束手无策，多亏子贡头脑灵活，从当地老百姓手中搞来了一些米。颜回与子路便动手在屋檐下生火做饭。不一会儿饭熟了，颜回看到屋檐下的灰尘掉到饭上，便将那片涸黑的饭盛起来吃了。

这一幕正巧被子贡看到了，以为颜回偷吃，便故意问孔子："请问先生，仁人廉士能因遇困改变节操吗？"孔子说："若遇到困难就变节，怎能称得上仁廉之士呢？"于是，子贡便将刚才所见，一五一十地告诉了孔子。孔子觉得其中定有因由，便找子路了解情况，原来煮饭时，因水蒸气腾起，将梁上的一块灰尘熏落到锅里。

诚信,是一个人的立世之本。过去,在乡村,有种特殊的买卖行为——赊,这个"赊"字,背后就是用诚信支撑着的,一年四季,都会有走村串户的游商,以赊的形式出售东西,比如赊鸡鸭苗、猪仔等等,买卖双双,大都互不相识,商贩只在本上记上账,就行了,然后,按照约定好的日期来收账。

若有人一旦失信,就会被他人看扁了,令他人所不齿,会被人们戴上没品的帽子。压得他抬不起头来做人。一个人若能守诚诺信,就像是一个人挺直了脊梁,堂堂正正,立于天地之间。

一个人的人品形成,有个人因素,亦有家庭潜移、朋友圈化,以及社会的熏染,近朱者赤近墨者黑,一个人少不了要修为,就像莲,能做到出淤泥而不染,濯清涟而不妖。人生一世,草木一秋,做人要经得住众人的品评。

人过留名。我想这名,尤其是人们交口称赞的美名,实乃人格魅力折射。

一开始就对

罗 西

在路边,看见一收购废品的大姐正折叠纸箱、报纸,然后还不停地浇水。我明白了,她也在"灌水",有注水牛肉,原来还有注水废品,她无非就是想增加些重量,多卖几元钱。我熟悉她,经常在我们小区里出没,平常有什么过期的报刊我一般都是赠送给她的。所以,我有些生气。但是没有勇气去揭穿她。

环境、处境真的是会造就不同的人与人格。去路边摊吃炖罐,你会讨价还价,大声说话,甚至把脚搭在桌面上剔牙……有一天,你进了铺有红地毯的高档酒楼,你的言行举止莫名其妙地矫情高雅起来,说话声音温柔了,连餐前包也撕着一小块一小块地吃!

进而发现,角色决定你会说什么话,或者决定你离规则或真理的远近。

我想起一个画面,南非世界杯上,英格兰队进了一个球,全世界的人都看到了,偏偏裁判没有看到。下场后,助理教练、著名球星贝克汉姆找到裁判论理,他灰色西装,俊朗,风度,也愤怒,但是,他克制地做了一个手势,比画着球进了球门的距离;另外一个画面是一身臭汗、着短裤短袖运动衣的鲁尼拦着裁判,也比画一个与贝克汉姆一样的动作,区别的是,他张开双手表示足球进球门的距离比小贝长很多……显然,两者的角色不同,那么他们的准确率也明白地呈现出来。

确实,如果我们身处"弱势",是"群众",或者还没"混"出"人样"来的时候,常常容易感情用事,容易夸大其词,容易放纵,也容易给自己犯忌犯规找借口,甚至破罐破摔。

斗胆站着说一句不腰疼的话:自降做人门槛,是真正的自贱。

有个一无所有的穷孩子问我:"我是草根,想创业,想改变命运,可不可以允许我先乱一次,成功后再归正,加倍偿还?"

我能理解他的心情,现实的土壤、喧嚣气候就摆在那里,他有那样的想法,不意外。企业家王石先生曾感慨地说,当初的原罪赚来的那些东西,未来都将十倍甚至百倍地偿还回去。我把这话给那位后生,他迷惘地点点头。

后悔是一种后来的觉醒,何尝不是一种随后的背负?出来混迟早要还的!"后来"别只为"从前"买单。

有个读者告诉我,他在北京某饭店里偷窃一手机,只用了几秒钟。后来又折回去了,因为良心发现……他难受,要"退还"那手机,他整整花了一个上午。他说,突然觉得"拿回去"好像比"偷"还难!

"一开始就对"的成本最低。我不贵,但是要对。

等 待

　　顾文显

　　听朋友说，某山区小镇还保留着好多旧时的木板楞房，老画家异常激动，就在一个夏季，带着5个学生去那边写生。

　　辗转数日，找到了那个地方，却发现一切都变了，小镇重新规划，木楞房早就没影儿啦。老画家才反应过来，那朋友也不知道把记忆中哪年的事说给了他！但山林风光还是蛮好的，老画家就带着学生们顺着一条马车土道往深山里走，找到满意的地方，就画到黄昏才返回。

　　这一天，师生一行走得远了些，拐过一个弯儿，眼前突然一亮：隔着一道陡峭的山涧，对面半山坡十几间草屋隐现于浓荫淡雾中，柴篱豆花，鸡鸣狗叫，闲步的牛犊，那景色简直太美了！不待吩咐，学生们抢着打开了画夹子……

　　吃过午餐，师生们正稍事休息，忽听到枯枝踩断的声音，一个衣襟破旧的男孩，站在他们不远处，怯怯地望着他们，想离开，又有些不甘心的样子。

　　老画家不由生出些热情来，招招手："孩子，过来。你是那边山坡上住的？"

　　得到允许，男孩大着胆子过来，观看学生们的画作，那张脏兮兮的小脸上写满了惊奇。

老画家问,几年级了,孩子?

孩子眼里一下子蓄满了复杂的神色,他摇摇头:"没念书。"孩子说,原来有村小学,后来,修水库,把小屯子隔在这边,上学太费事了。孩子们到了年龄,家长到学校报个名,就算是上了学。

这不是坑人吗!老画家问孩子,知道北京不?孩子点头。知道奥运、知道国歌不?孩子摇头。

这么好的孩子,居然被阻隔在求学的大墙外!老画家心里一痛,让孩子倚树而立,他亲自给画了张像。问:"是不是你?"孩子接过,一下子笑出个鼻涕泡,可能意识到失态,谢字也没说,飞也似的逃了。

学生感叹,不读书的人就是差劲儿,咱全省有名的画家亲自执笔,他就这么拿走了,白浪费老师的感情。

老画家笑笑:"跟他计较什么?一个孩子。画画!"

画到太阳悄然跌落,老画家带领学生们急往小镇返,走到马车道口,却听见急匆匆的跑步声,是刚才画像的男孩,他身后跟着四五个七大八小的孩子,一律的衣衫破烂。孩子们站在路边,贪婪地望着他们,像一群要吃人的狼崽儿。

老画家恍然大悟:"孩子们,是不是想找我们画像?"

刚才那男孩不住地点头。

"太晚了。"老画家说,"天一黑,我们可就找不到家了。这样吧,明天上午,还在这里。咱说话算数。"那男孩急忙回身安抚了伙伴们几句,孩子们就站在路边,目送着师生几位下了山。

吃过饭才躺下,有个学生报告老师,明天有车子出山,招待所老板都给联系好了,咱正好搭乘回省城,学生们一片欢呼,在这深山老林待久了,他们渴盼回到现实生活中去。

可老画家正色道,不能回去。咱答应给小孩画像了。

学生们不解:"老师,不就画张像吗,为几个孩子,何必那么认真?老板说过,那车子好几天才遇到一回。"

老画家往床上一倒:"老师像你们这么大时,这种地方没少走,哪一回坐过车了?再说,这小镇不可能找不到车,花多少钱算我的!"他望着天花板,缓缓地说,"我反应过来了,山涧'对面能说话,拉手得半年'。那男孩跑回屯里,再带伙伴们来,就费掉将近半天的时间,怪不得他们不能到这小镇读书!跟我们分手,他们到家得半夜!明天,孩子们还去那里等,咱就这么走了?"

"等不着,难道他们就不活了。"一个学生轻声嘟囔,"谁那么死心眼。"

老画家腾地坐起来:"谁要回,明天请便。我必须得到那边去。这些孩子,不知道国歌,不知道奥运,老师这一夜都没睡好,太空白了呀。难道要我在这些白纸的第一笔,先写上'欺骗'二字!"

第二天,学生们跟着老师又来到了那个地方。一直等到中午,孩子们也没来。学生纷纷谴责,山沟小孩素质低,不知道名画家特意为他们滞留一天吗?老画家厉声道,他们还是孩子。孩子可以犯错误,而我们不可以!

正吼着,听到有人咳嗽,见一个老农站在不远处,惊喜地说:"原来你们在这儿!大伙等了一头午,寻思你们不来了呢。"

这是怎么回事?隔崖相望小村屯,昨天……师生们跟着老农往前走,这才恍然大悟,马车道是些连续S形的拐弯,他们少走了一个……

土路边,师生们全呆住了:10多名老老少少,把瞧上眼的衣服全穿在身上,他们陪孩子们请画家画像,各自胳膊上都挎着土特产!

画家老泪纵横:"东西不要。请带我们到屯子里去,画。什么时候你们说足了,我们再离开,就因为你们这一番等待……"

结庐在人境

杨雪桥

山一程，水一程；风一更，雪一更。

结庐在人境，赏一段清风明月，尝一段暖暖寒寒，时光就这样缓缓老去。

爱一个人，就是他看你如水光潋滟，你看他似山色空蒙。爱一个人，就是他愿意化作你红袖上的一抹烟云，你愿意成为他青衫上的一点墨痕。

三个字不必说出口，早已在晨曦中的炊烟里，在暮色渐浓时的眺望里。三个字何须说出口，戎马关山路，他的眼角眉梢都是你的云鬓花黄。

赌书消得泼茶香，当时只道是寻常。而只有寻常的光阴，才是细水长流的人生大美。

张中行谈到婚姻时曾吟道："添衣问老妻。"并解释说："吃饭我不知饥饱，老妻不给盛饭，必是饱了。穿衣不知冷暖，老妻不让添衣，必是暖了。"红尘万里，守一份情，终是要简化为一粥一饭，一丝一缕。

山山水水本无意，枝枝叶叶总关情。风景常在细微处。

哪里有一眼万年呢？"这个妹妹我曾见过的。"宝哥哥虽一眼认定与林妹妹前缘未了，但若没有以后十来年的朝夕相守，仅这一眼便各奔东西的话，怕是都会成为彼此的过眼云烟了。

　　读过一篇关于土布制作工艺的文章，从采棉纺线到上机织布，要经过大大小小70多道工序，如此繁琐！于是明白，美好的事物，都是渐臻佳境；美丽的情感，都是曲径通幽。

　　就这样一路走来，远处青山焕发着日照的光彩，在一片旷古的幽静里，携着你的手，看一川绿草肥，嗅一陌野花香，听一声蝉鸣细，采一茎相思长。

　　结庐在人境，花团锦簇也好，风雪载途也好，能相伴的，都是好时光。不能相伴，还能相思，亦可以断鸿声里，立尽斜阳。

月是村的眼

古保祥

最美的风景在乡下,乡下最美的风景是月亮。月亮大得出奇,愿望在月光里注脚,爱情在月光下升华,纯朴在月亮中发酵。

月是村的眼。阴是村在眠,晴是村在醒。

月在乡下绝对是主角,没有月亮的乡村不叫乡村。

驴是月中的主角,跺一跺脚,便是一个晨曦。驴通常是执著的身份,从不嫌弃卑微,但驴却在乡下逐渐消失成迷了。小时候的乡下,驴的故事口耳相传,如果哪家有一头质地考究的驴子,它们便会成为宠儿,小子们竞相围着它疯狂。

总有些喜欢读书的小子们,在少时没有灯光的乡下,坐在天井当院里,就着温暖的月光读书。其实对眼睛是一种考验的,因为月光太高太远太神奇,等到从遥远的国度扫射到俺们身边时,早已经式微,因此,俺们通常将眼睛紧紧贴在书上,有时候需要猜测。但这样的读书却对心灵是一种锻炼,月光通常调皮得很,从云中穿梭,时而闭目养神,时而如日中天,这让你的心灵无法完全融入到书本上,从刚刚阅读的内容中汲取营养后,再浮想联翩。

月光华华，无法无天。月光下不仅有善良，也会有邪恶产生，在乡下，小偷是月下的追逐者，几乎每家每户，都有对付小偷的良方，那时候最珍贵的恐怕就是粮食了，粮食通常垛在仓里，有些仓藏在地上，铁将军把门，更有些有智谋的家主，狡兔三窟，在外面的院子里，做成放粮食的样子，其实粮食早已经雪藏起来。

但小偷精明得很，通常不会在有月亮的时候出没，为了防备万一，乡下便流行做月亮灯，像月亮的模样，悬在院子里，一酥子油，满满的，不需要买，是从野地里找的蓖麻油，月亮重新回来了，其实，我们需要的就是那一盏子月光，因此，月亮俨然成了每家的门客。

我最喜欢的便是在睡觉时，月光从窗户外面直射成景。那时候房子低，不会有什么高大的建筑物遮挡住月光，若是在现在，月光便成奢望了，因为窗子通常被前面的二层楼挡住了。阳光从不到访，月光简直就是稀客，最好的办法便是灯光了，白地耀眼刺目，没有柔和。在月光与灯光之间，我宁愿选择前者，爱的便是那份传统，但我不敢违背前进的步伐，便也只好刻画无盐、唐突西施了。

现在最怀念的就是月光了，整个村庄早已经被夷平，高楼耸立，挡住的不仅仅是月亮，还有情感、自然，月光早已经成了一种怀念，雾蒙蒙的夜晚，月光每每选择了不在服务区。

原来，月是村的眼，眼睛也有流泪的时候，也有迷蒙的时候，也会困得无法睁眼的时候；

其实，村是月的媒介。村也有落伍的时候，人也有掉队的时候，爱也有被财灌醉的时候。

寻找一处桃源

海 亮

寻找一处桃源，一处宁静和恬淡的所在。

那里该有一片桃林，春天时扬起一簇簇粉红。那些桃树应该古老，长着老者的筋骨和白髯。那些桃树又应该年轻，结出少女般娇艳的果实。桃林近处会有一口水井，青石砌成井台，苔藓爬上脚板。那井里会有一只绿色的青蛙，睁着明澈的眼，唱着响亮的歌。

该有一处房子。红色或蓝色漆就，不大，却很精巧。有尖尖的挂着阳光的屋顶，有直直的散着炊烟的烟囱。房前会有一个篱笆，外面是开满油菜花的田野，里面是开满玫瑰花的小院。田野里会有一条羊肠小路，路边会有几棵白桦或者香樟。玫瑰园里会有一把躺椅，趴一条土黄色的狗。狗吐着粉红的舌头。躺椅轻轻摇摆。

不远处当然会有草地。清晨的草地是凉的，挂着露珠；夜里的草地是暖的，散着温香。阜地散着或甜或苦的气息，走上去，或坐上去，或跑两下，或躺下来，都是一种至高的享受。甚至可以把饭桌搬到这里，甚至可以不搭帐篷露宿。没有人在意你和干扰你，你所做的一切都是自由的。

远处有山。山是很绿的那种。山上会有松树,有知了和野兔,有蘑菇和美丽的石头,有山鸡蛋和小虫的啾鸣。那山也是属于你的,因为这是一处桃源。

没有电话和网络,没有信件和明信片,没有公交车和出租车,没有信用卡和小区保安。在这里你会享受从肉体到心灵的最充分的自由,似乎全世界上只剩下你。

你当然向往这样一处桃源。你迫不及待地奔向你的桃源。我知道你厌倦了世俗,你渴望恬淡和宁静、安逸与自由。

你会在这里住一天,住两天。住一个月,住两个月。住一年,住两年。可是我还知道,你不可能在这里住一辈子。因为终有一天你会厌倦,就像厌倦世俗般厌倦桃源。

是的,这里有桃林。可是桃林里不仅有桃花,还会有害虫。那口水井里可能根本没有水,或者,即使有,也被那只可恶的青蛙搞脏。

你的房子夏天可能漏雨,这需要你不停地补修。冬天它可能奇冷,你在屋子里升起一团火,浓烟将你的脸呛黑,还有草地。草地上当然有鲜花,有蝴蝶,可是草地上还会有蚊虫,有毒蛇。山上有野兔和鸟蛋,还会有蝎子和野兽。总之你的桃源并不只有美好,你的隐居,更似探险。

这种探险是异常艰苦的。你喝的水,需要自己去挑;你吃的面,需要自己来磨;你喝的酒,需要自己来酿;甚至,你住的房子,也需要自己来盖。你寂寞了,不会有人陪你聊天;你生病了,不会有人前来探望。那是真正接近于原始的生活。那种生活,对心灵,或许是一种净化,但对身体,无异于一种折磨。

很多人经历过这种生活,比如陶渊明,比如梭罗。我相信他们是快乐的,这种快乐恰好跟生活的艰辛成正比。我更相信大多数人,绝大多数人,根本不可能忍受这种艰辛——把桃源当成度假胜地可以,但要定居,需要很大的勇气。

其实陶渊明和梭罗的桃源,也并不彻底。那还不是真正的桃源,即使他们把自己隐藏起来,仍然算不上真正的隐居。他们有书籍,有猎枪,有朋友,有聚会,他们偶尔或者经常遭受打扰。他们跟市井和世俗仍然有着千丝万缕的联系,他们做不到完全隔离。

我指的是,一个被世俗浸淫过的人,根本不可能回归桃源。即使你可以回归苦难。即使你抛开书籍和猎枪,朋友和聚会。或许肉体可以,但精神不可以;或许形式可以,但本质不可以。我们永远不知道真正的桃源在哪里,也许可可西里或者非洲丛林真有那样一处人类未曾到达的地方,但假如我们知道,假如我们过去,那里便再也不桃源。那里变成现代社会的一角,它跟现代社会唯一的不同之处在于,那里的生活,接近于原始——真正的桃源是不存在的。那只是一个传说。

那么,到底有没有桃源?我说,有。

真正的宁静,或者回归,我认为,不是寻一处地理意义的桃源,而是寻一处灵魂意义的桃源。那是一片虚幻的桃源,它藏在你心,由你构建。所以,每个人的桃源,其实都不一样。你的桃源是一片草场,一座青山;他的桃源,或许仅仅是一栋木屋，几句诗行。你生活在城市里，走在大街上，坐在办公室里，躲在咖啡馆的某个角落，只要心中藏一处桃源，那么，无论你在干什么，无论你在哪里干什么，你都是陶渊明或者梭罗，甚至，你比他们更加彻底和高明。那是由你构建的真正桃源，那是灵魂的桃源。那里只有宁静和美好，没有阴暗与艰辛。你是那里至高无上的国王，或者与世无争的农夫。

其实，寻找一处桃源，就是寻找你的内心。

怎么好意思不美好地生活

西风

上班路上，阳光暖暖地打在身上，像给经冬久寒的身体贴上一层金箔。

快到单位的时候，扭头看见阳光又打在一株核桃树的叶片上，叶片打得成了半透明，像翠玉映住日光。

进了单位的门，旁边是草坪，一叶叶针尖样的细草，每叶上面都顶着一滴小小的露，闪闪烁烁，安安静静，晶晶亮。

昨日去田里种菜，旁边菜农的地里好些的葱都结了葱苞，主人不要了，我摘了许多回来，一半拌了一点点白面，用来炸丸子；一半直接油盐炒了鸡蛋。颜色青嫩，味儿也还好。

这些都是好的。

因为这点点滴滴细细碎碎的好，觉得上班也有了意思，活着也有了意思。

《枕草子》是一本日本小女人清少纳言写的书，她在日本平安时代的宫廷里当差，在严谨朴讷的宫规下生活，却留心着发现日复一日的生活里点点滴滴的美好。她写四时的情趣，写早早晚晚的光景，写人们穿的衣服，和闲暇时的玩乐，写树木，写树木的花，写虫……

她写:"春天是破晓的时候最好。渐渐发白的山顶,有点儿亮了起来,紫色的云彩细微地横在那里,这是很有意思的。夏天是夜里最好。有月亮的时候,这是不必说了,就是暗夜,有萤火到处飞着,也是很有趣味的。"写:"正月七日,去摘雪下青青初长的嫩菜,这些都是在宫里不常见的东西,拿了传观,很是热闹,是极有意思的事情。"写:"树木的花是梅花,不论是浓的淡的,红梅最好。樱花是花瓣大、叶色浓、树枝细、开着花很有意思。藤花是花房长垂,颜色美丽的为佳。"写:"茅蜩也是很好玩的。叩头虫也是可怜的东西,这样虫的心里,也会得发起道心,到处叩头行走着。又在意想不到暗的地方,听见它走着咯吱咯吱叩头的声音,也是很有意思的事情。"

笔下全都是被人一忽而过,转瞬不见的东西,却被她很用心地记录下来。每天的生活劳碌繁琐,令人不耐,像是蓬生的丛草,支撑自己一天天过下来的,就是这丛草里星星点点的小花。这样的体味我也有,哪怕这花是开在梦里:昨夜做了一梦,一路上走着,前方路当中就开着桃花。刚刚展开花瓣,深深的花筒里面好像盛了蜜一样,闻一闻,沁人心脾,醉得我走路都跟跟跄跄。路旁是田,田里也开了很多的花,我下去看,又像是花,又像是芦苇,颜色青嫩漂亮。后边有一朵真真切切的桃花,大得像碗一样,花瓣薄得像嫩红的绸子,将要开败了。我看着它,摸着它,想起《红楼梦》里,宝玉揣想邢岫烟多年以后,也将乌发如银,形容枯槁,一时悲痛万分,想着自己容颜已逝,哭了起来,越哭越痛。

那样的一个梦，优美，又开心，又忧伤。醒过来，我就揣着它洗漱、吃饭、上班、奔忙，自己悄悄地快乐和忧伤。

生活中的小美好无时无处不在，它能够支撑我们行走世间，虽然疲累，却不轻言放弃；虽然失败，却能积攒勇气，东山再起。

风霜雨雪是美的，行走世间的人也是美的，手边的书和杯中的茶是美的，过往的和现在的以及未至的光阴是美的，人的思想是美的，诗词歌赋是美的，这么多的美，让我们怎么好意思去不美好地生活？

超市里的哲学家

王磊

我曾经在超市里遇到过一位睿智的哲学家。

我们第一次相遇,是在我经常光顾的一家超市里。那天,我走到卖海产品的摊位前,明显有些紧张拘谨的她正在理货,从她略显慌乱的动作中,明显可以看出她可能是刚来这里工作不久。接下来发生的事情很快就印证了我的判断,一个和她年纪相仿的员工从摊位侧面大步走过来,急促地催她快点儿把商品摆好,语气有些不善。而四十多岁的她面对对方明显不太友好的态度,却只是面带微笑,既不争辩什么,又丝毫不会放缓手中正在忙活的工作。

就在这时,一个顾客来买海带丝,她那个有些多嘴而且举动略显急躁无礼的同事转身去和顾客沟通。谁也没想到,才说了几句话,顾客就对她同事的态度非常不满,双方的语言里都带了一些火药味。最后,顾客看了看她的同事,懒得再和她理论,转身离开了。

她同事拉着脸转过身来,看到她还在忙活刚才的工作,突然提高嗓门大声让她去拿些商品。她同事的声音不小,一下子把四周正在购物的顾客们的目光全都吸引过去。她同事不太礼貌的举动让周围的顾客们都看不下去了,一个老爷子看了看她同事,嘟囔道:"这是什么人呀!怎么这么和人说话呢!"

现场的气氛一下子尴尬了起来,刚才脸上还一直挂着笑容的她也忍不住了,表情立刻就变了。她猛地站直了身体,握紧了拳头,嘴角剧烈地抽动了几下。但是,几秒钟之后,她的脸上又重新露出了淡淡的微笑。"你说的商品暂时咱们也用不上,我一会之后再去拿好吗?我是新来的,工作上肯定有需要改善的地方,如果有什么做得不好的,还请你多包涵!不过,咱们最重要的还是要先把工作做好不是?只有把工作做好了,才对咱们最有利。现在周围有不少顾客,咱们有什么话可以以后再说,先把工作做好了才是硬道理,你说对吗?"

她这一番话把同事说得哑口无言,对方只好哼了一声,就再也不说话了。

随后,她仍旧笑容满面地忙活着,有顾客走过来,她就热情地向对方介绍自己负责的商品。看到这一幕的人都纷纷向她投去了赞赏的目光,我也因为这件事情,对她有了很深的印象。

因为常去这家超市,时间一久,我和她也渐渐熟悉了起来。几个月之后,我就再也没有见过她的同事,只是听附近摊位的工作人员闲聊才得知,她那个同事因为人品太差服务态度又不好,已经丢了工作。而她却因为善良的性格和亲切热情的服务态度而得到了不少顾客的好评,工作越干越顺利。

有一次，我又去她那里购物，没想到那天超市的人特别多，她摊位前也挤满了人。大家或是拿着购物篮，或是推着购物车，这让她摊位前本来就不大的空间显得格外拥挤憋闷。大伙儿刚开始的时候还在她左右两侧排着队，可是谁在这憋闷的环境里都一刻也不想多待了，所以大家慢慢变得急躁了起来，本来排好的队伍也渐渐混乱了起来，甚至都开始有了零零星星的磕磕绊绊和争执。

眼看摊位前的局面越来越乱，她忽然说道："大家都别着急，我这里装东西称重的速度快，大家排好队，我保证所有人都能尽快买好东西，不会耽误任何一个人。"她的话刚一说完，大家躁动而又悬着的心彻底放了下来，人们又自觉地重新排起了队。果然如她所说，重新恢复了秩序的顾客们一个接一个迅速地完成了在她这里的购物，每个人离开的时候，都带着一脸的轻松。

这件事给我的触动很大，那天如果不是她的镇定和机智，那么她摊位前还不知道会是怎样的混乱。后来，我问过她为什么能在短短的时间里就把那么棘手的一件难题给解决了，她憨笑着告诉我："我没想过那么多，就是觉得如果当时大家都急躁起来了，那么不仅我这里的工作不好干了，而且谁都不可能尽快离开了，在场的所有人都受影响了，这种结局对每一个人都不好。所以，我就找了一个对大家都好的解决办法。我有自己做人的原则和方法。如果一旦和别人发生了矛盾或是处于一个让人很头疼的环境里，那么我首先会保证做人的尊严，我可以礼让你，但不能任你欺负；其次，我会尽快地让自己冷静下来,以免冲动做错事;最后,就是找到一个对双方都有利的解决方案,这样大家还可以和和气气地把事情圆满解决了,多好!"

她总是很谦虚地和我说自己读书不多,但是我知道她读懂了一本很多人都没读懂的书,那本书叫作生活。她在看似琐碎乏味的生活细节中读懂了应该怎样做人处世待人接物,她的言谈举止看似平常,却处处散发着睿智的芬芳。在如何与人相处这门哲学中,她是一个充满智慧的哲学家。

假 币

顾文显

人有时一犹豫就错过了良机。辰这样想，此时老教授正在滔滔不绝地和新生们沟通感情，辰就没办法把那二千元钱交上，而早上乘乱交这笔钱再好不过，可那时辰就是犹豫了一下，错过了。辰为此如坐针毡。

终于熬到下课，辰遥盯住圈了一群叽叽喳喳的女同学的老教授，好歹待女娃们散尽，他才跨前一步，把钱递上，这时，辰脑子嗡的一声，大片空白，他感到一种灭顶之灾的降临。还好还好，老教授点了点，装在上衣兜。

辰这一夜没合眼，那钱是单独交的，万一老教授发现呢？为了进京到这家文学院深造，他卖光了全部药材，没想到该死的药贩子在交款时夹了三张假币！他曾想到市场上买点儿零碎花出去，可小贩们不收这假钱。他已没有更多的钱了，逼急了才出此下策。但他又怕被识破，同学们个个是贵胄富子，只他一个穷孩子，假币的事抖落出来，他如何混得下去？

辰决定次日主动坦白，就说不小心夹带了，求老教授容他宽限些日子回信借来补上，这样总比当众揭穿好。

辰拿定主意次日就恭候在老教授上班必经路上，见到，他说："老师，我昨天交的钱……"老教授的脸立刻板起来："别提你那钱！"

辰魂飞魄散！却听教授说："早不交晚不交，偏我揣了你的钱，在市场上走，被小偷割了兜。"

啊呀谢天谢地！辰一边陪小心，一边回到教室，这贼其实是帮了我的忙呢。辰想。

兴奋之后，辰又陷入了苦恼。毕竟老教授损失了恁多钱，并且直接怪他学费交得迟！想到教授总穿一件皱巴衣服的寒酸样他心里就凉渗渗的。辰想，好好努力吧，非出人头地不可，有朝一日我加倍报偿这善良无辜的老人。

辰勤学苦作，不断写出好文章，连《人民文学》这样的巨刊也有他一席之地，老教授时常当众夸赞，每当这时，辰就暗自道，等着，老师。

学习期满，辰交了大运，脱掉农田鞋，直接成了市文联干部，这当然要得力于《人民文学》等等等等；又一年，他又成为省作协聘任的专业作家。辰一步登天，阔步文坛，名声大得吓人，令许多杂志派编辑上门来泡他的议价稿，辰从此再不愁没钱。

辰依然惦记着那可怜兮兮的老教授，该彻底了结这块心病了。他为老教授准备了1万元现金，专程来京。

老教授高兴："学生出了大名，不忘师德，这就好。"坚持设家宴款待高足。酒前，辰鼓足全部气力，向教授认错："老师，我交给您那2千元学费中，混着3张该死的假币……"

他眼圈红了,并哽咽起来。

老教授哈哈大笑:"3张假币你还没忘哪?在,我留着呢,如今集什么的都有,我集几张假币玩玩有何不可。"说着,从一本影集内拿出那几张玩意儿。

"老师,那您说让贼偷了……"辰目瞪口呆。

"假话。兴你假币就不兴我假话?"

"为什么?您当时完全可以揭穿。"

老教授的脸色立刻无比严峻起来:"揭穿容易。但我更知道一个山里出来的孩子该多艰难,那样做对他产生的后果不堪设想,为区区300元钱,扼杀一个人才,吾不屑为之也。"

"老师!"辰泪流满面,"不回去了,我要留下,跟着老师您学……"

竺可桢的"格局"

游宇明

有人说：民国时代，中国有两个最好的大学校长，一个是北京大学的蔡元培，一个是浙江大学的竺可桢。这两个人都有民主作风，都能做到珍视人才。竺可桢甚至因此被称为"浙大保姆"。

抗战爆发后，浙江大学被迫内迁，学校先到建德后来又迁到广西宜山。任教于这所大学的著名数学家苏步青因担心家属拖累，将妻儿从建德送回老家温州。当浙大再迁到贵州遵义，终于稳定下来时，校长竺可桢建议苏步青将家眷接来。苏步青担心费用不菲，竺可桢当即给了他两千元，并找到当时的浙江省主席朱家骅，请他写一份手谕："沿途军警不得盘查，一律放行。"苏步青的妻子是日本人，竺可桢担心万一在途中被人发现，很可能被中国老百姓打死。有了竺可桢的细心关照，苏步青的妻儿终于平安到达贵州。

竺可桢对国学大师马一浮的礼遇更被传为佳话。马一浮为人孤傲耿介，蔡元培做北京大学校长时，曾多次礼聘他，被其拒绝；蒋介石邀请他到南京谈话，他当作耳边风；浙江大学也曾约他来任教，亦未成功。后来由于日寇不断进攻，马一浮生存环境急剧恶化，他于1938年写信给当时在江西的浙大校长竺可桢，委婉表达了想来浙江大学任教的心愿。竺可桢不计前嫌，将其聘为"国学讲座"（原文如此——游注）。浙大给他安排了当地最好的房子，而且不要求他跟其他教授一样讲课，只需每周给全校师生开两三次讲座，另外，单独给一些资质很高的学生指导一两次就行。当时浙江大学只有两辆黄包车，却为马一浮随时待命，假若路途远一点儿，校长的汽车可随时为之服务。

竺可桢不仅能做到无微不至地关心、尊重教师，还能充分包容那些反对自己的人。政治学教授费巩很有才华，某段时间对竺可桢非常不满，开教务会时，冷嘲热讽："我们的竺校长是学气象的，只会看天，不会看人。"竺可桢微笑不语。后来，学校需要提拔一名训导长，竺可桢不顾民国政府"只有党员才能担任训导长"的规定，认为费巩"资格极好，于学问、道德、才能为学生钦仰而能教课"，坚持让其做训导长。

物理学家束星北有水浒气，非常仗义，但脾气暴躁。浙江大学因战争西迁，他对竺可桢的一些做法很不满意，跟在这名校长后面一路叽叽咕咕，竺可桢也总是一笑置之。竺可桢虽不欣赏束星北的性格，与他没有多少私交，却力排众议，将他聘为教授，并多次保护他。

竺可桢如此善待学者，原因很多，比如当时正是抗战最艰苦的时候，为国家作育人才，是竺可桢的重要信念，而要培养杰出的人才，首先就必须有优秀的师资；再比如，竺可桢自己是杰出的气象学家，他懂得知识对社会的重要性，而知识往往是杰出学者创造的,不过,最根本的还在于竺可桢有一种做人的大格局。正是这种大格局,使他做出了一般人不想做、不敢做的事。

所谓格局本意原指艺术或机械的图案或形态。引申到做人上,指的是一个人的眼界、胸怀、气度。一个人有没有格局,为人处世大不一样。没有格局,做事只想到个人或小团体的利益,我们就会以邻为壑,觉得善待别人是委屈甚至损害了自己。有了格局,我们会意识到自己对社会、对国家担负的责任,我们为人处世就会经常想一想:自己的所作所为是否对得起社会的嘱托,是否没有违自己内心的良知。而时间长着一双睿智的眼睛,它最终一定会分清是非:通过等级、强制力制造尊严感的人,呈现在历史上的面目总是非常猥琐;尽心尽意为社会与他人服务,力求上不怍于天下不愧于心的人,得到的是精神生命的永恒。就像竺可桢,他当年那么礼遇费巩、束星北、苏步青、马一浮,人们并不会认为这个人无能,而会认为他特别像高山、海洋一样大气,值得后世的人深切怀念。

做人的格局,许多时候决定了一个人生命的格局。

第四辑

心有所喜,
风霜雪雨

有诗云"闲来无事不从容，睡觉东窗日已红，万物静观皆自得，四时佳兴与人同"，那静观四时的人，应当是一个随和无拘的儒士或出家人，甚或菜佣酒保，花里树间忘我流连，竟是花如人人也如花。

忘了关心米面菜价多少钱，股票是跌是涨，官位能否亨通，人际关系润滑到不到位；却跳出来一个被烟火红尘俗世遮蔽的真"我"，好比被梅红炮屑深埋不见杂藏的花朵，物物静观皆现眼前，果然是"自得"——忘的是机心，是劳烦，得的是美好，是觉察。

我打算这样老去

许冬林

要优雅地老去。寂静地老去。

要做一个娴静少言的妇人。遇人遇场合,少说话,多微笑。人老了,絮絮叨叨不好。那时候,嗓音一定不够清澈轻灵,像衣服没洗干净,说多了话,会让人生厌。所以,我选择用微笑代替语言,面对每一个陌生和熟悉的人。

要做一个依然洁净的老者。我选择短发齐耳,勤洗勤剪,像听话的小学生。还不烫不染,就让它们一路白下去,白成满头银丝,老就老得理直气壮,老得纯粹彻底。一头银丝,微蓬但不凌乱,应该像白菊花开在夕阳下。

夏天会在沐浴之后搽一点儿爽身粉,从下巴到胸前,还有脑后,还有臂弯,一点薄荷味的清凉香气在空气里翩跹。人老了,会有老人味的,所以我每天都会用一点儿香水,是香味极其清淡的那种香水。也许我会继续使用桂花香水,或月亮香水。

我会穿浅色衣服,主打白色,漂白、米白、藕白、月白……浅色有仙气,而深色幽深森然。我希望自己老得有些仙气,而不是心思深重的老妖怪。

还要常常修剪指甲，指缝不存污迹。会偶尔去美甲店，不镶钻了，也不贴亮片，就一色，肉红色。会用口红，颜色不要太浓艳，不要太亮。还有胭脂，我一定会继续用着，浅浅的桃红色，有安静的缤纷，像深山桃花，在朝露里自开自落，又美又淡然。

会继续保持读书写字的习惯，但是不再热衷唱歌和大声念诗。那时候，我会是一只秋蝉，一只安详的雌蝉，温柔地喑哑着，深意在内心。

会依然朴素而温柔地过着小日子。会养花，养茉莉，养栀子，养海棠，养木兰和芍药。会种菜，春种茄子青椒丝瓜和西红柿，秋种萝卜青菜茼蒿和芫荽。阳台边的花盆里，有牵牛花也有野杂草。不分兵匪，就让它们都享受阳光雨露，也享受我的殷勤侍弄。

会选择独居。不打扰孩子。可以像朋友一样偶尔走动，偶尔相约去钓鱼和放风筝。回来后自己翻翻照片，重新咀嚼一下快乐的时光。大家都有各自的空间，我懂得尊重。年轻时我已经享受生命的热烈和丰饶，老了时，我也会坦然接受暮年的清寂。像四季，春暖秋凉，夏热冬寒，这才是完整的一生。

会养一只雌猫，养得肥肥的，养得懒懒的。会置一副老藤椅。春日昼午，困思懵懂，我躺在阳台边的老藤椅上小寐，老猫卧在我的脚边打着呼噜，我们一起睡在春日里。

出门我会选择坐公交，尽量避开年轻人上班高峰的时间。公交上，我会给疲惫的读书的年轻人让座，会给残疾人让座，会给孕妇和带孩子的年轻妈妈让座。而我站站，就当是继续在锻炼身体好了。

出门旅游，不再脚步匆忙。走走停停，心仪的地方就租一套小房子，住上半年或一季。看看那里的日落和花开，和以为一辈子不会再见面的旧友见面，在垄上，在长堤，沐风而行，且行且语。

阳光晴好的下午，会偶尔去墓园走走，看看先去的长辈和朋友。会坦然面对死亡，只当那是一个必然会降临的节日。会把自己收拾得像从前一样美丽，长裙，微高的高跟鞋，抱一束洁白的花儿去看他们。生与死之间，其实没有山长水远的距离。一念之间，你说他在他就在，不在眼前就在心底。

我愿意这样老去。老得很绿色，很安然。老得有点儿美。

春日宴，绿杨阴里歌声遍

诗路花雨

上午无事，去朋友的村里采苜蓿。七拐八弯到了，设想中的苜蓿田并没有出现，只不过有人家在地边洒了一些籽，长出来的苜蓿苗，不留神根本看不见，与野草相似。绿绿的小叶子，细细的小茎秆儿。

朋友带我们去采，就真的是"采"，一把一把地嫩尖儿采下来。旁边一个农人经过，说："多采些，炝锅做汤面，好吃。"

朋友又带我们上房摘香椿尖儿。我其实没有摘过，所以就采它的嫩叶，朋友说你得采尖儿，吃着才嫩。

出门要走，猛抬头看见槐花！

初入春时，一夜之间，杨树吐穗。前日谷雨，阴了两天，说不上暖和，槐树一直是绿绿的嫩叶子。今日天晴气暖，槐花瞬时开满。攀着槐枝，一嘟噜一嘟噜地采下来，想着那支歌子："高高山上一树槐，手攀槐枝望郎来，娘问女儿望什么，我望槐花几时开。"她那是高山，若是平原，槐花早开，就不用伪装那么辛苦，直接就说："我在采槐花哩，我要蒸槐花饼子哩，我要蒸槐花苦累哩。"

一路走心满意足,觉得像地主老财,财大气粗。看吧:苜蓿可以炝锅,做热汤面;可以拌玉米面,蒸苦累;香椿可以炒鸡蛋、可以拌豆腐;槐花可以蒸苦累,可以炸槐花丸子。

满当当一出春日宴。

到家先把槐花摘出一小把来,顺着小茎儿捋下一粒粒的小花儿,拿青瓷盘盛了,像一盘儿碎玉,却又根蒂儿嫩红,着实的好颜色。洗净,裹一把白面,洒几粒细盐,拌匀。坐锅,放底油,烧七成热,抓一撮儿团一团放进去,咕嘟咕嘟地炸起来。见它金黄变色,捞出沥油,盛入瓷盘。一口儿的好清甜滋味。

再把苜蓿抓两把洗净——既无杂草亦无叶梗,很省心的一种野菜儿。然后抓两把玉米面拌匀,再放盐拌匀。坐锅,煮开水,把苜蓿放笼屉里,五分钟后起锅,熟了。热蓬蓬的一股子野菜香。倒香油拌一拌。朋友又做了醋蒜碟,我却不蘸,就是偏爱这样的白嘴来吃,单吃它的油盐味,不晓得为什么这么着迷。

忽然间心里动,问朋友:"你小时候吃过油盐饼子不?"

他说:"那咋没吃过。"

我明白怎么回事了。小时候家家穷,吃玉米面儿的贴饼子。大锅、干柴,我娘把玉米面用开水烫了,转着圈儿往热锅的锅壁上贴饼子。我吃贴饼子,必得就炒鸡蛋,不然不好咽,糙口,太干。放学回来,饿了,饭着急吃不到嘴,我奶奶就把一个饼子用刀剖两半,每一半上洒上细盐,再倒两滴香油。两片饼子对着撮合两下,就盐也均匀了,香油也均匀了。一口咬下去，饼子虽仍糙口，却有油盐的滋味，抹平了它的毛刺，一股子丰盛豪华的香味。

后来家里不再用大锅做饭，贴饼子等闲吃不到嘴，更不用说油盐饼子。这个味道也说不上多么想念，可是一旦吃着，味蕾就知道：就是这个味。

所以我一筷子一筷子地，尽着吃。

心里又很充实，因为尚有香椿苗儿，明日可以拌豆腐，可以炸面鱼儿，可以炒鸡子儿。

出门的时候，杨树叶子青碧，槐树叶子浅碧，一路蜿蜒而去，一路青绿，春深如醉。回家更见满树槐花，这里那里地乱开。又拐到麦田里找到一株王不留行，拔下来，带回来，想着种起它来。真是陌上游，谷雨后，榆钱已老吹满头，新日新花薄衣透。春日宴，绿杨阴里歌声遍。

一把沉默的刀

| 凉月满天

薄阴天气,阳光像一片黄弱的金箔贴上皮肤。

去了湖边。

冬日湖水结冰,照理当是平如镜,此处却层层竖起堆叠,如丛集的冰刃。原来是回水旋流,未及散开,即被冰住,成就这副德性,嚣张无情。湖岸弯弯,到处是这样的湖面。一枝芦苇举一枝芦花,站在一起,高高低低。

大寒天气,朋友笑说这水有什么好看的,可是水有什么不好看的。

水是有意思的,花也是有意思的,月亮也有意思。我说这树长得真好,细长的枝子像弯弯的鱼骨刺,朋友扫了一眼,漠然地附和:"哦。"可是树是真的长得好,那么好。去岁春天还有一棵树,守住一条弯弯的小路,扭着身子把路遮严,像一团绿云;近了看,翠片贴出来的积阴繁玉。也不晓得哪一天,就被人给砍了,卖了钱——它歪歪的身了,你砍了它能卖几钱银子?

半天云里鸟叫唤,抬头看见两队雁。若说它们排成"人"字,"人"的左撇太长,右捺又太短;若说它们排成"一"字,这个"一"又曲曲弯弯——原谅它们吧,它们没有上过学啊。

近处有积冰如刀,再远些却是一平如镜的冰面,映着渐渐倒下去的日色,是夏日玫瑰冒着香气的红。冰面上时有小鸟,小小的头颈一点一点地啄,时而"忒楞"一声长短错落地飞起,落上枯柳,柳枝藏不住它们黑白花的小胸脯。枝子上左一点右一点,落了一树小逗号。

远远的冰线上,立着一只大鸟——其实人并不能看清它的大小,但就是莫名地觉得它大。它不蹦跶,就那么安详沉稳地踱,一步,一步。然后,它就立住。

一边走一边扭头,看它是我忍不住。初见时它与浅灰的冰面几乎融为一色,只分辨得出一点儿轮廓。越走,角度变了,看见它深棕的背毛,一动不动地竖立着。扭头看,它竖立着。再扭头,它竖立着。愈走愈远,再回头,它竖立着。深色的背毛在青天和淡灰的冰面竖起一把小小的刀。

好大的气魄。

北冥有鱼,其名为鲲。化而为鸟,其名为鹏。鲲之大,不知其几千里;鹏之背,不知其几千里。鲲也好,鹏也好,翻起浪花也好,展开翅膀也好,它们可是肯轻易展翅的?肯轻易翻起浪花的?愈是大能,愈是不肯轻易动,怕翻转了天地,颠倒了阴阳。你尽可以忽视它,可就是忽视不了。

可怎么是好,它沉静也沉静得惊心动魄。

路遇一个女士,在沉厚的冰面上咔咔地凿,凿出一个小洞来,放进两条鱼去,她说:"放生好,放生会改变命运。放生有殊胜的境界。"那么,放生是好还是不好?万物各有其时，各有其命，你遇到了，想放生，那便放生罢。如果不曾遇到，或是不想放生，那也便不放生的好。放生只是周全你的心性，并不会给你搭一条升天的梯，让你一步一步把命运往锦衣玉食高楼玉阙中去。

过去都讲人定胜天，于是好大一群人争着抢着挖山填河，可是天就什么也不讲，地也什么都不说，人像一群麻雀似的，吱吱喳喳的，到最后，种下什么果就吃什么果。唯有心定了，气稳了，和天地方能随顺，就那么安安定定地在着。就像这只大鸟，稳稳当当地立着，在苍茫天地间，冷风呼啸中，立成一把沉默的黑刀。

不定什么时候忒楞飞起，就看不见了。

叶鸟鱼枝

诗路花雨

前几天下了两场雪。也不是林冲上梁山时节,那般纷纷扬扬往下卷,也不似撒盐,也不似柳絮因飞舞,也不似燕山雪花大如席。倒像是谁家的棉花被耐耐心心撕得细细匀匀,被细风吹得打滚翻身,狠狠狈狈往下跌。

哪晓得两天过后,就积得尺来深了!

早起朋友送我去火车站,出门就被惊吓:满树的雾淞啊,满草的雾淞,满房子满地满天空的雾淞。路面每一寸又都被雪积盖满,哪里都白得不似人间。

行到半路,停车揪着雪草跳下路旁的深沟。沟里种着白杨树,日阳已出,仰头只见湛蓝的天空映着银白的树头,一阵风擦着鼻头微微地吹过,就有一小片一小片的雪往下飘飘扬扬地落。朋友使坏,一脚踏在树身上,细雪如银沙,哗哗啦啦地洒下。

沟那边是一大片的果树园。满地的白雪未经人的踩踏,尚且是小动物的天下。一棵树被绕着圈踩上了五瓣梅花,不晓得是哪个干的。顺着脚踪研究半天,却只见来路,未见去路,它是只鸟,长翅膀飞了吗?可是哪只鸟长这样胖墩墩的小爪?

果树的枝子又是另番模样,蟠屈翻卷,往这里伸一下,往那里伸一下,冲这个捣一拳,冲那个捣一拳,很嚣张。

读过许多树的诗,"绿树村边合,青山郭外斜","庭中有奇树,绿叶发华滋","碧玉妆成一树高,万条垂下绿丝绦","泉眼无声惜细流,树阴照水爱晴柔",都是生发着碧叶的树。叶子是枝子穿的衣裳,光看衣裳,就忘了被包裹的枝子长什么模样。银杏叶如小扇,银杏的枝子什么模样?杨树叶如手掌,杨树的枝子什么模样?去大连博物馆,那里的松树庞大得一蓬蓬一丛丛,像西方贵妇用鲸鱼骨活活撑起来的庞大的裙撑,里头的枝子什么模样?

冬日万叶凋敝,枝子显露,若非雾凇层层濡染得好看,怕是谁也没兴趣把树枝多看上几眼。可是放眼远望,看的还是雾凇啊,哪怕是一种临时拉扯来的盛大繁华,好看的东西谁不爱看?

山枯水瘦,终不如碧水青山教人心暖。

数日后从异地回返,满地雪已化尽,雾凇也没了,土地裸露出苍黄,草与叶也都凋落殆尽,唯余草骨与枯枝,真是图穷匕首见。

原来落尽了叶子的杨树是这个样子的,一根根树枝既不攒三,亦不聚五,只在各自的位置上,用细细的枝尖沉默地指向天空,整棵树看起来像一个五指指尖向着天空并拢的手掌,很符合一种叫作"分形几何学"的论点。所谓的"分形几何学",好比说随便找一棵树,仔细看一下它的哪一个枝枝杈杈，就会发现它和整棵树很像，甚至分杈的比例和位置也跟树本身的分杈的比例和位置一样。那分杈的分杈的分杈呢？还是那样。叶梗和叶脉呢？还是那样……无穷无尽的自我仿像。这种理论怕是只能在碧叶凋尽的时候才能水落而石出罢，否则树披着一身繁华，眼睛怎么能看得清？本质从来都是寒瘦的，需要去尽雕饰，方显出是它。

就在这时，竟见一片杨树林，可煞奇怪，每棵树有那么多细枝子，竟都有那么一两根枝子上，每枝顶一片叶子。真的只一片叶子，却零零落落地在寒风里抱着枝头摇摇摆摆，像一只小鸟，伶仃的细脚踩着细细的枯枝，唱着人耳听不到的细细碎碎的歌子。

而这一丛丛的枝子，又抱紧了树的身子，像是一具完整的鱼的骨架，直直地竖向天空。

叶鸟鱼枝，天下竟有这般普通又奇妙的景致。风一大就看不见了，因为叶子就全被吹落了；雪一大就看不见了，因为眼睛只肯看见白雪；春日看不见，因为所有叶子都冒了出来抢戏；夏日看不见，因为叶子把树头裹得严严实实，里三层外三层盛妆严饰；秋日看不见，因为虽然北风吹，叶子们还拼了命地紧抱树枝。冬日也不是时时刻刻看得见，因为人心多忧乱，看见也是看不见。屋里看不见，楼厦纷立的所在看不见，唯有在这北方的寥落阔大的田野，且这一时心是静的，天地万物皆静，风声也静，天地间有一种佛陀垂目的无悲无喜，它便肯教人看见了。

一霎一时也成了一生一世。

长恨歌

郁离丝

一片黄叶从树上坠下,铿然一声。

老了季节。

秋至。

这个时候,花开不得,所有关注的目光都已转向别处,所有的期盼都已指向来年的春暖花开,再怎样美丽的开放,都是自说自话的热闹与尴尬。

雨一下,更是溽热尽消,连空气里都是简约的傲慢和清冷的拒绝。

爱听春雨,因为它的细腻轻软,"润物细无声",宛若处子,即使静夜,也有一种暗黑的温柔,即使花间,也带紫色的幽怨,即使樱桃,也可以洗濯得"红更娇"。春雨之境,只宜听在深幽静谧的曲折小巷,青石板街上发着幽幽的青光,宜于相思。潺潺春雨,原本就是一阕婉约词。

你听过夏天的雨没有?像老天爷大发雷霆,电闪雷鸣,没有一点儿铺垫的倾盆大雨瓢泼而下,如钟鼓大乐,嚌呟不绝。狂风刮得门窗哐哐地响,窗帘被吹得狂乱飘拂,像风中的乱草,雨霸道地抽打着房屋、街道、树木,还有心情。这个时候,打开贝多芬的《命运》,会使人慷慨激昂,放声长啸,像岳飞一样,壮怀激烈。夏雨是壮士,仗剑佩刀,快意恩仇。

"谁人无事种芭蕉,早也萧萧,晚也萧萧。""何处合成愁,离人心上秋,纵芭蕉不雨也飕飕"。秋雨最宜芭蕉听。若是壮游,秋雨宜于客船听,"对萧萧暮雨洒江天,一番洗清秋",真正是江阔云低,断雁叫西风;若是女子,则宜于枕上听。"秋风秋雨愁煞人。""秋花惨淡秋草黄,耿耿秋灯秋夜长。已觉秋窗秋不尽,哪堪风雨助凄凉。"辗转反侧,万般离愁,连天扯地的秋雨把思念也扯得长长的,密密的,离愁别怨,这次第,真不是一个雨字了得。

谁人不从少年来?谁人不向老年去?一步步从云端跌落到柴米油盐,却又心里都仍然憧憬些微的浪漫。细雨骑驴入剑门是浪漫,夜雨孤灯闲翻书是浪漫,耿耿秋灯下的秋窗风雨是浪漫,一蓑烟雨任平生是浪漫。只是这样的浪漫全都打上寂寞的印章,它是每个人无法逃避的命运,是展望未来长长一串孤独的岁月时,心里长满了白草的荒凉。

中秋刚过,雨淅淅沥沥下了一整天。窝在床上,灯光投下身边花格木屏风的影子,屏风的小木格上挂着一个一个的坠饰,好比桃树上结满了杏子。是四处搜罗得来,又一个个随手挂将上去,权当闲来无事时对平淡生涯做的星点的点缀。而今能让生活繁复起来的,好像只有这些小小的玩意儿。一个个朋友来了又去,一段段感情开始又结束,一场场恩怨如同豪雨把人浇得透湿,一个个接踵而来的日子是一场场下也下不完的秋雨。

"夜雨闻铃肠断声",这样的雨在夜里下起来,唐明皇还不如当初跟着妃子去,接踵而至的后世如同秋雨令人备觉荒乱而疲惫,竟是不如不过有意思。

明日起早出差,窗外却是拉不断扯不断的雨声淅沥,我问何时会停,朋友说别盼了,你不知道吗?这样的雨有一个名字,叫"长恨歌"。

如遭雷击。

狠狠叹息。

真的是一年老一年,一日没一日,一秋又一秋,一辈催一辈,一聚一离别,一喜一伤悲。一榻一身卧,一生一梦里。人生长恨的离歌已经响起,似窗外秋雨的无边无际。

边走边白

旭 辉

今日落雪。

不是"但觉衾绸如泼水，不知庭院已堆盐"，不是"燕山雪花大如席"，不是"忽如一夜春风来，千树万树梨花开"，不是"千峰笋石千株玉，万树松箩万朵云"，不是"江山不夜月千里，天地无私玉万家"，不是"孤舟蓑笠翁，独钓寒江雪"，不是"柴门闻犬吠，风雪夜归人"，不是"白雪却嫌春色晚，故穿庭树作飞花"，不是"玉花飞半夜，翠浪舞明年"……

因为我不是杜甫，不是李白，不是元稹，不是黄庚，不是柳宗元，不是刘长卿，不是韩愈和苏轼。我不是唐人，不是宋人，不是元人。

我是今人。

他们的世界里下的那一场雪飘进我的世界。这不公平。

董桥译一段文章，说是旅居伦敦一整年里，皇家邮局的邮差总是把邮件从大门狭孔塞进来："平时天天早上七点半到八点之间，狭孔弹簧啪的一声，信件跟着纷纷掉在地上，那些声音都成了我们的闹钟，提醒我该起床了，然后走下英国朋友转租给我们的这间公寓的长长的过道，烧一壶煮咖啡的水,再去收拾掉了一地的信件。水没开的时候,我总是一边等一边先翻翻克连默院报刊经销商天天送上门来的泰晤士报。接着,我把托盘上的咖啡、泰晤士报,和妻的信件全带到她的床头小几上,自己这才到客厅里喝咖啡看信:客厅的南窗又高又长,可以看到契尔西和皇家医院,可以看看泰晤士河和贝特西,再向远处看,就是肯特郡的丘陵山坡了。"

然后又说自己在伦敦住了六年,"'天天早上七点半到八点之间',总是让那'啪的一声'给吵醒。然后是信件掉在地上的声音;然后起床;然后是'长长的过道',然后咖啡,然后捡信;然后泰晤士报;然后是客厅里南窗下那张咖啡色的长椅子,然后是窗外的大树小树,然后是远处的'丘陵山坡'。"

也就是说,伦敦的生活就是这个样子的,那在伦敦生活过的人,大树小树,丘陵山坡,就是那么回事,写在书上了,你又读到了,于是好比他曾经过过的生活反射给你,于是你也就好像也过着那种生活了。

草木书诗雪雨爱恨情仇,就是这样被人反射了又反射。

我是觉得今日落雪与古人无关,与旁人无关,可是,为什么一看到雪,就是一片片雪花一样的诗词纷纷落?残雪凝晖冷画屏,凤林千树梨花老,北风卷地白草折。

有一年,大年初一落雪,穿一件黑风衣,围一条围巾,桃色的,在雪地里走,艳光四射。那个时候,发还未白,唇色光润。小孩子还小,扎着冲天小辫,在雪地里一摆一摇,哈哈地笑——如今她也识得愁滋味了。

还有一年，雪大没膝，家养的小狗冒死救主，用身体左一滚右一爬给我趟出一条道。我弯下腰，拍拍它的头，它开心极了，一咕噜躺倒，地上深深的一个狗印。现在它已经死掉了。

还有一年，站在阳台上，抬头向天上望，夜雪急急地下，打在脸上，啪啦啪啦。阳台上开的有红瓣的扶桑花。花现在已经没有了。

如今再想提起劲儿来像当年那样赏雪和玩雪，却是不能了。眼前直如无物，雪下着，却下不进我的世界里了。好比是雨，"少年听雨歌楼上，红烛昏罗帐。壮年听雨客舟中，江阔云低，断雁叫西风。而今听雨僧庐下，鬓已星星也。悲欢离合总无情，一任阶前点滴到天明。"

少年听雨听出缠绵情思，壮年听雨听出别恨离愁，江天寥阔，如今我鬓也已星星，也见识到悲欢离合总无情，不晓得什么时候学会了无动于衷，一任雪花纷飞，阶前飘摇到天明。

只是雪下得太大。不知不觉，头发就白了。

城南有栾树

孔祥秋

城南街上的行道树,我原本并不认识。问了几个朋友,才知道那叫栾树。这树名倒是头一次听说,原以为是偏旁木加一个栾字。一查资料,却不是,就是上下结构的栾,再没有其他的枝蔓笔画。

栾树的栾,细细想来是可以拆解成亦木的,为一种树名也算是有讲究。若真是再加一个木字帮,确实有些画蛇添足的味道了。原来是我自以为是。

可不管怎么说,一个栾字,让我想起《智取威虎山》中的那个小炉匠。栾,作为一个姓氏,的确人众并不多,我也只想起了这个挺不舒展的小人物,由此也就以为栾树绝不是树中的好男人。事实上,栾树生长极快,可高达二十多米,即使说不上是伟丈夫,也可以称得上是大男人的,绝不是猥猥琐琐之徒。很多事情就是这样,光凭自我的臆想,不去了解真相,总是要惹出很多可笑的谬误的。比如说听闻某个人品质不咋样,也就以为他不是善类,其实想一想,竟然是无根无据。就是这种潜意识,是常常会伤了许多好人的。

我住城北,去城南街的时候并不多,但毕竟有一个朋友在那里开了一家药店,偶尔还是会去那里打打牌、喝喝茶的。最初对栾树并没在意,几次去,却发现这树的变化竟然多姿多彩,很有看头。先说春天里吧,那嫩叶绯红,就像小女孩的脸色,虽然并不如十月红叶那般燃地烧天的火辣,但那种娇羞,却更让人疼爱。夏天的时候,细细密密的花儿开了,满枝的金黄。那种华丽之气,让人的目光会陡生明媚。即便花落遍地,也不会给人一种伤怀的感觉,好似金屑洒地,那贫寒的泥土,也立时富贵了。秋天到了,蒴果缀满枝头,恰似一个一个的小灯笼,随风而动,好不喜庆。

栾树,有春赏叶、夏看花、秋观果之说。这让我对这树有了极大的好感。怪不得这些年以此作为景观树的城市越来越多,大有取代行道树之王法桐的趋势,它的确在不同的季节呈现着不同的美,会让世人欣赏到更多的景致。但栾树的冬天也会落尽繁华。三季的锦绣,依然会落得一季的寂寞。就像一个人,即使光显了大半辈子,最终也难免沉寂无声。

人生这一世,的确是没有完美的。不必苛求于己,不必苛求于人;不必苛求于事,不必苛求于世。知足,就是圆满;尽心,就是完美;宽容,就是博爱。

栾树,从前的寺院多有栽种,说是不为树木的料材,只求那粒粒的果。那熟透的灯笼果,要是剥去那层果衣,里面的颗粒是非常光滑圆润的,可以穿成佛珠串。沉甸甸的,绕腕绕颈项,为佛家所爱。这,很让人感慨。一棵树,竟然耗尽心血凝成这样一颗颗籽粒,真是很有禅意。

落地生绿荫,入心生菩提。好树结好果啊。

那天，捡了几个栾树的灯笼果，剥开来，却只是几粒不饱满的籽。想来是我太心急了，还不到时节吧？说是时节一到，那果衣自开，只待有缘人。我认为，只要有心就会有缘的。无心，一切都会擦肩而过。

春天的颜色

莫 测

春天是什么颜色？有人说是"小桥杨柳飘香絮，山寺绯桃散落红"。有人说是"燕子衔将春色去，纱窗几阵黄梅雨"。有人说是"天街小雨润如酥，草色欲看近却无"。其实，春天的颜色各种各样，丰富多彩，不胜枚举。用某一种，或几种颜色去概括春天的颜色是不准确，也不科学。

春天的颜色是热烈的。大红大紫的茶花，铺天盖地的樱花，争奇斗艳的杜鹃，大气磅礴的牡丹……都以火一样的热情，把混沌的雾霭澄清，把冰封的河流融化，把关闭的树枝启开，把沉寂的禾苗呼唤，把慵懒的秃岭点染，把沉睡的鸟儿摇醒，把寒冷的冬季燃烧。唯有春天，才具有如此巨大的、热烈的力量；唯有春天，才具有如此博大的、热情的气场。

春天的颜色是多彩的。一年四季，春天的颜色最繁最多。那么，春天究竟有多少种颜色呢？春天的颜色说不完，道不尽。就说那绿色吧，一个"绿"字根本无法包含，因为它有墨绿的古柏、浅绿的垂柳、草绿的香樟、翠绿的雪松、葱绿的莴苣、豆绿的水杉、深绿的小叶榕、碧绿的柳叶桉。还有那白色，雪白的梨花、蛋白的李花、纸白的樱桃花、乳白的玉兰花、米白的丁香花。多彩的颜色，组成多彩的春天，多彩的春天，犹如多彩的生活。每棵树上，都盛开着绚丽的花，每人心里，都盛满着浓香的蜜。

春天的颜色是包容的。一棵上，可以开出不同颜色的花朵。都是树，可以先开花，后长叶；可以先长叶，后开花；可以边长叶边开花；还可以只长叶，不开花。可以繁花似锦，不结果；可以花落蒂熟，果满枝。可以大红大紫，招蜂引蝶；可以星星点点，默默无闻。绿叶，可以衬托红花，使红花更艳丽；红花可以打扮绿叶，使绿叶更鲜活。一个庭院里，赤的玫瑰、橙的喜树、黄的山菊、绿的小草、青的矮葵、蓝紫的三角梅……大的小的，高的矮的，明的暗的，应有尽有、林林总总，各显英姿，各露风华，没有你推我搡，没有争风吃醋，没有勾心斗角，彼此唇齿相依，亲如一家。正因为这种包容，才使世间万物和平相处、千姿百态、欣欣向荣。

春天的颜色是变化的。开始低眉顺眼，沉默无语，浑身褐黑如铁，冷若冰霜。一阵春风吹来，山玉兰最先苏醒，还没来得及发芽吐翠，就冒出了不显山、不露水的花骨朵，尽管还有寒风，还有霜雪，它毫不畏惧，把自己最美丽的藕荷色裙裾潇洒地穿了出来。突然之间，昨天还沉睡不醒的茶树，今晨就睁开了嫩黄的眼睛。阳光一照，眼睛变成了铜红色；阳光再一照，又变成了橄榄绿。春天千变万化，变出精彩的画卷，变出浓郁的味道。变化，是春天的变化，春天的变化五彩缤纷，无穷无尽；颜色，是春天的颜色，春天的颜色美不胜收，分外妖娆。

春天的颜色是传染的。传染给大山，大山披上节日的盛装，纵情舞蹈，舞得热火朝天，舞得花红柳绿，舞得春色满园。传染给江河，江河欢歌笑语，奔流不息，灌溉庄稼，庄稼五谷丰登；输送轮船，轮船千帆竞发。传染给人们，人们精神饱满、春风得意、容光焕发、貌美如花。

春天的颜色不是长出来的，不是冒出来，也不是生出来。而是太阳孵出来的，燕子衔出来的，春风涂出来的，春雷惊出来的。

"春水春池满，春时春草生，春人饮春酒，春鸟异春声"。我爱春天，更爱春天的颜色。

花慢开

许冬林

每天上班，要穿过一个水上公园，出来的时候，觉得自己俨然一个草木小妖，心里尽是对人世的感动与好奇。

这样微凉的初秋，吹着凉风，不起哀愁。走路的时候，会路过那些垂柳。垂柳在河边，依然绿得柔情。它们一丝丝一缕缕，垂挂于河边，于路上，情意脉脉的样子。我每日从柳下过，总是会不由放慢步子。好像走得慢一些，这样美好的初秋就长些。风吹柳丝，柳丝拂人。我的长发，我的眉，我的耳鬓，我的肩，都在柳丝的吹拂里。温柔的凉意在皮肤上蔓延不散。我像是要羽化在这千条万线的绿意里了。

即使有阳光的日子，也不舍得打伞，从柳叶里漏下来的阳光落在裙子上，像蝴蝶一样泛出淡绿的绒光。小雨霏霏时，在树下行路也不急，雨线婆娑，柳丝婆娑，清秋的凉意漫漶，叫人不想去辨哪一段凉意是雨，哪一段凉意是柳。人间的路，委实不须急匆匆地去赶，最美的时刻也许就是此刻，而不是远方。我要做的只是这样悠悠荡荡地过，斜风细雨，杨柳依依……

斜坡上有青条石铺就的石级，斜斜一条石线，默然在草丛里半隐半现，好像期盼我的脚按上去。那一种无声的等待令人不忍辜负，我每走一步，心里觉得踏实，觉得岁月有依，凡心安宁。绣花的鞋尖子上常常沾了露水，湿得脚尖处的绣花越发色彩艳丽，真不舍得让晨风吹干这些露水。我喜欢这样，微微湿润的样子。希望自己一辈子做一个微微湿润的女子，有泪也有欢喜。

斜坡上也有桂树，花香好像是煮出来的，远远就被这袅绕的香气缠住，缠进这甜蜜浓稠的香里。每次路过，总忍不住驻足，瞧上几眼，惊叹一番。那么小的花朵，细细碎碎地开，竟有这样蓬勃盛大的香气。每一朵花，打开的四瓣，好像在说话，一句一阵香气。它们有满肚子的香气在等着说出来，桂花是怎样一个内心丰厚的女子啊！我喜欢路过这些开花的树，贪婪地享受这慷慨播撒的浓香。花边一立几个刹那，人整个地被熏透，我就这样被熏香了。发是香的，衣是香的，遇到人，不敢轻与他人语，唯恐含进口里的那团香气一开口就逸散了。

晨光里的河水恬静而温柔，涟漪那么薄，风一摊就平，一摊又起。雾气也薄，在阳光与河水之间，飘着飘着就隐去了。河边有女子在浣衣。也有情侣，大清早就依偎在石头上窃窃私语，估计有一夜相思要诉说。也有老人和小孩，在桥边，在树下，貌似走路，享受这沉静又蓬勃的晨光。我路过他们，觉得每个人看起来都那么亲切有善美的情意。

我每天路过这些草木花朵，这些小桥和石头，心里充盈着安然和欢喜。我像是一个内心揣有隐情的人，这隐情大约是对晨光里的万物与尘世的欢喜。缓缓走来,缓缓地看去,每一朵花都精致得像是我的闺蜜,每一棵树都忠诚得像等我的情人。我的双手要怎样捧好这些欢喜呢?我想把一片薄心扯布一样扯成条条,一片给垂柳,一片给芭蕉,一片给河水,一片给云霞,一片给雾气一片给露珠,一片给陌生人嘴角的莞尔……可是,怎么够,怎么能完整地给?

我只能这样,每天地,路过这里,像路过初恋的窗前,缓缓地路过。我走得慢了,花就开得慢了,世界就慢了,时间就慢了……

春天的麦子

|安　宁

　　立春一到，便是雨水和惊蛰，雷声轰隆隆地打下来，蛰伏了一整个冬天的人们，才好像忽然间想起了田间地头的麦子们。于是纷纷扛起了锄头，去麦田里挖草。
　　不过如果整个春天，都没有贵如油的雨水，连草也会长得灰头土脸的。女人们会将自家的男人们骂出去，抢水浇地。这是一场更残酷的战争，女人们常常不再关心颜面问题，只要能排上号浇地，哪怕被别的女人们在脸上抓上几道子，破了相，也没什么关系。大队书记这时候便被派上了用场，一边给自己家麦子先浇上，或者排上号，一边协调着快要打起架来的男人女人们。有时候打得厉害了，男人们会在女人的怂恿下，夜里爬起来，搬了石头砸进机井里去，堵住井水，让谁家也浇不成地。当然，很多时候，这样的阴谋并不能成功，因为浇地的那家，会派人日夜守护在机井旁边，并拿了手电筒，防范一切试图靠近机井的可疑人士。
　　我们小孩子们这时也不让靠近机井了。那里原本是我们的乐园，我们会捡起小石子，投到机井里去，听石子在深不可测的井底，落入水中时，响起的沉郁的声音。我们还怀疑会有生下来不要的小孩子，被扔进了井底，于是便趴在井沿上，看那一小片落在里面的模糊的蓝天。但在干旱的春天里，我们被焦渴的麦子，和同样焦灼的大人们，驱逐出了这片乐园。

夜里醒来，常常听见父母在谈论浇地引发的种种事故。不外乎是谁家跟谁家又打起来了，还动了石头和锄头，并惊动了乡里派出所的人。父母没有后门，排号又看似遥遥无期。而在轮到我们家浇地之前，又不能眼看着田里的麦子们枯死。于是母亲便和父亲一桶桶地从家里压水机里压水，然后倒入大桶里，用地排车拉着去田里一勺子一勺子地浇灌麦子。只是那些水浇到地里，好像还来不及被麦子们喝一口，就被干裂的大地吸光了，或者头顶上炙烤着的太阳给蒸发掉了。春天看起来不再那么美好，因为关系着口粮的麦子，每一天都变成了煎熬，至于谁家女人被砸破了脑袋，谁家男人追着浇地的那家人，说要拼个你死我活，在躁动的春天里，有些不再像是可以引起人们兴奋的新闻了。

好在这样的时日，不会太过长久。有时候还不等全村人轮上一遍，老天爷就忽然间开了眼，看到了人间疾苦，于是降下一场大雨来，缓解全村人绷了太久的神经。母亲就坐在院门下面，一边做着针线活，一边看着这场不疾不徐似乎要下许久的春雨。

我看着母亲有时候发呆，就会问她：娘，你在想什么？

母亲笑一笑，像是回我，又像是自言自语：这雨，下得正好，麦子们能喝个饱了。

我也抬起头来,看向半空。天空里细密的雨,绵密地飘下来,一阵风过,便吹到我和母亲的身上。雨水有些凉,但我的心里却是暖的。我喜欢春天的雨,柔软的,缠绵的。就连平日里好为琐事争吵的父母,也因了这场雨,而变得彼此温柔起来,好像他们是相敬如宾的新婚夫妻。

庭院里一切都是安静的,只有雨声在屋檐下,滴滴答答地敲击着,是世间最单调又最美好的音乐。我好像还能听见麦田里麦子们咕咚咕咚酣畅饮水的声音,这声音一定也在父母的耳畔响着,以至于他们做什么都轻声轻脚的,似乎怕打扰了麦子们的幸福。

有时候忍不住,父亲或者母亲还会披个白色的塑料袋子,冒雨跑到田地里去,看看自家的麦子,在雨中有怎样喜人的长势。这时的父亲,更像个诗人,站在地头上一言不发,就这样深情地望着脚下这大片的绿色的麦田。整个村子都笼罩在迷蒙的烟雨之中,只听得到雨声,沙沙的,蚕食桑叶一样,细密地落着。

在麦子还没有长成麦浪之前,我能想到的村庄最美的时刻,大约就是春天里,这样淅淅沥沥的雨天了。

第五辑

昨日黄花剪剪春

年齿渐长,陷入回忆,陈年旧影在心头飘来飘去。事隔若许年,遥远的咸涩从时光深处走来,渐逼渐近,刀锋般划过记忆,原来疼痛和不舍一直埋在心里。当所有的面容在如水的岁月里消溶不见,当所有的爱和悲欢如落日隐没山岚,当所有的美景只能在记忆里重温,向着自己兼程而来的,是早在孩提就种下的伤感。环顾今生,有泪如倾。

错 过

孔祥秋

我小的时候,老家少有花木,多喜五谷,记忆中,掌心里多是麦芒豆荚的刺疼,几乎没有柔软的记忆。偶尔握一把棉花,就算是少有的懵懂了。

只是桃杏这般的有花开,有果结的树木,还是有一些的,但却多是昙花一现,一闪而逝。

村头是有一片桃树林的,站在宅子头上就可以看得见。只是那时我还太小,心性正是贪吃的年纪,记不得那丛花开,稍有些记忆的,却是那满枝的肥桃。待我能记得清亮的时候,那丛桃树却已是砍伐了。更近一些,是院子里也有的两棵桃树,一东一西,一大一小。好似那两棵树结的桃子太过瘦小,和村头的桃树林子恰恰相反,我对这桃花的记忆更明亮一些。映娘的脸,映姐的衣,当然还有奶奶,一朵一朵,是那眉梢喜气洋洋的绽放。只是这树,也没有长久。娘,走了,父亲走了,奶奶走得更早些,这般的错过,好不让人刻骨地疼。两树花败,亲人零落。我虽然说远走他乡,可走得更远的,却是他们。

在我孩提的记忆里,是少有杏树的,实在那时的老家几乎没有栽种。去村不远的湖堤上，树木繁杂，榆树柳树最多。林子深处是一处小院子，木栅栏围了，让我喜欢得不得了。院子里有一棵枝丫瘦细的小树。护林的本家爷爷说，那是杏树。老家的杏树虽然少，杏子却是常吃的，麦收渐近封垛的时候，总有卖杏的叔婶满街地吆喝。那时的日子虽然还较清寒，娘却总是舀了半瓢麦子，换回满瓢的杏来。那份甜软的记忆，好让人怀念又怀念。也有青涩的，却都一个一个塞给娘，塞给爹，看他们被酸得鼻子眼扭曲的样子，也成了我们开心的笑意，由此，也就对杏树很有期待。说来那时我那么小，盼的是应该那满枝杏儿黄的，但当时的心里竟然想着一树的杏花。那时候实在不知道杏花是比桃花开得早一些的，待到家里的桃树开花的时候，我才想起去那湖堤上看杏花。在家的那许多年里，也就不曾看到过那满满一树杏花开的，总是一次次迟了，遍地花瓣儿。

还好，杏花终是见了的。那是我初进老家的县城打工的秋天，城外的山谷里见到一片杏树林，虽然是满枝的瑟缩，却于我的激动，就已经是繁华满天了。转年早春，满谷花开，终了我愿。从此年年花开，年年有我。总以为这般美好年年又年年，没想到那一别，却是年年年年的错过。远远的我，翻看着那时留下的几张照片，纸页上，一滴滴洇开来，尽是那错过的泪。一天一天，风干成杏花朵朵，只是无色无香无言。

是的，几次约了好友回老家看那杏花，只是我住的远方，与老家有不小的时令差异，待我看到窗外花影的时候，老家的杏林子却是落花满地了，也就总是耽误了老家的花期。这般多年，惹我望乡而叹。

昨日抬头，见窗外似有花开，心便慌了，急忙打听，果然老家的花事已是渐近败落。那天和好友通电话，瞬间鼻子就酸了。其实不是不想念的，正是因为太爱，时时在心里念叨着，也就糊涂了，也就错过了。最深的亲情，满身满心，也就常常被我们忽略。

错过，也是一种很深的缘，如那千古不朽的老家，如那千古不朽的爹娘。

栀子花，旧庭院

许冬林

喜欢一些开白花的灌木类花树，像茉莉、木槿、栀子……开起花来，一朵朵都是心思简静，悠然芬芳。

在南方，在乡下，一个女孩子，几乎都有一棵栀子花树伴她长大。五六月的初夏天气，乡村沉陷在疯长的绿色里，是一朵朵淡雅的栀子花来打捞乡村了。女孩子的日月过得都有仙气，是开门见花，闭户则花香缭绕。依花长大的女孩，长得也像栀子花一样素洁婉丽。

童年时，我家有一棵单瓣栀子，大伯家是一棵重瓣栀子，都是姑姑在出嫁前栽的。花树大了，开花了，我和堂姐刚好到了戴花的年龄。

那时候，还没起床，母亲已经将带露盛开的栀子花掐回来，就等我起床给梳辫子戴花。我坐在窗台边的椅子上，闻着花香，觉得晨晓潮凉的空气都有殷勤待我的情意。我戴着洁白的栀子花，穿着杏黄色的连衣裙，背着小书包，走在乡村的小路上，觉得整个世界都好美。觉得自己是一只白色的蝴蝶，幻作了人形，来人间游览，处处都有新奇和感动。多少年过去，我一直觉得那一段时光最有人间的美意。

少年时读过一首古诗：雨里鸡鸣一两家，竹溪村路板桥斜。妇姑相唤浴蚕去，闲着中庭栀子花。读过就喜欢得要命。成家后，住公寓楼，住在楼上，养花不易。幸运的是住一楼的邻居家有个庭院，院子里栽有栀子花。我就有福气了，时常傍在阳台边，享受那摇荡蓬勃的花香，领受那饱满甜蜜的情意。后来，又贪心，终于抱回一大盆的栀子花，养在家里，一养多年。养花养到后来，就像养了一个女儿，一边欢喜，一边念念放不下。花开时节，一朵一朵的白蝴蝶落在绿叶里，或藏或现，或豪放或婉约地开。我们枕着花香入睡，浮游在花香里饮食起居，世事悠然，无哀无忧。

　　有一年，在北京的一处广场边，看到人卖花，其中就有栀子花。那花枝叶稀疏，花开胆怯，眉目之间甚是楚楚可怜。可能还是气候和水土的原因，养得不够丰润有神采。我彼时离家已有些日子，再见栀子花，如遇流落在此的故人，又感动又心酸。身边是一位西北长大的朋友，我问他，知道那是什么花吗？他一脸懵懂茫然。他说他们那边没有栀子花，也没有莲藕，没有芦苇，没有菱角……我听了，替她遗憾半天。我一直以为，有家的地方，就有栀子花，有村庄的地方就有栀子花。人总要在水气和花气里长大。

　　在苏州，在南京，在长江中下游一带的江南江北，初夏路过人家的院子前，一路是栀子花的香气相迎相送，让人觉得，这尘世美好得每一分每一秒里都充盈着爱意。

　　我奶奶青年时守寡，她自觉自己是个不幸的人，自此穿衣再不穿艳色，连从前的绣花鞋子也摁进了箱底。但是，却一辈子保持着戴栀子花的习惯。初夏的浓荫下，坐着一位身穿藏青色斜襟褂子的老人，他头发绕在脑后，绕成一个扁圆的髻，髻边斜插一朵栀子花。她颤颤走动在树荫下，一阵一阵的香气软软袭来。戴花的奶奶，有着观音一样的慈悲温和的美。

栀子花，开在南方多雨的庭院里，开在简洁庸常的平民生活里。它多像一个素色的女子，没有遗世独立，也不轻易伤感。她只以一种温婉清美的姿态，将一种小格局的生活撑得格外饱满，撑得别具情味。

月下看瓜

安 宁

看瓜是一个大任务,至少我和姐姐是这样认为的。

白日里看瓜,在凉飕飕的风里,一边吃着西瓜,一边逗引着蛐蛐,几乎相当于休闲度假。只是,当白天的悠闲过去,夜晚来临的时候,听着玉米地里蛐蛐们的叫声,狗们在某个角落里低低地吠叫,街道上有小孩子在哭闹着喊着妈妈,我总是会下意识地靠姐姐近一些。如果忽然间有脚步声在地头上传来,我会吓得心提到嗓子眼,恨不能躲到床底下去,化作一把泥土,一片叶子,一个西瓜,总之什么不引人注意,就化作什么。比我大三岁的姐姐也大气不敢出一口,只听着那脚步声越来越近了,好像在玉米地的某个角落里传来。我想那贼一定在偷窥着我们。我在心里默念着,赶紧挑一个最大的西瓜,快快走吧;无论如何,都放过我和姐姐,让我们能平安地回家吃母亲做的一顿晚饭。我还想问问姐姐,怎么办呢?你害怕吗?可是却开不了口,怕一出声,那贼立刻拿了大棒子,从背后当头给我一棍。

在我吓得闭上眼睛,连头顶夜空里漂亮的星星和月亮也不敢看,而且马上要很没出息地哭出声来的时候,母亲温暖熟悉的声音忽然间响起，我立刻跳起来，冲母亲喊：娘，我饿了！母亲的手电筒照过来，递给我和姐姐：饿了快回家喝"玉米糊豆粥"去，路上注意点，别栽沟里去了！

我一路胡思乱想着，跟着拿手电筒的姐姐走过田间小路，经过一个沟渠，穿过一条巷子，再战战兢兢地路过哑巴家门口，心里保佑着哑巴千万别走出家门，冲我啊啊叫唤；然后再一折一拐，便进了自己家门。父亲正在院子里就着灯光搓麻绳，准备卖西瓜的时候，绑地排车上的西瓜用。姐姐自己舀了糊豆粥喝，我也去灶间盛饭，却无意中踩着一个夜游的老鼠的尾巴，我吓坏了，喊：娘，有老鼠！却没有人搭理我的惊吓。我想起瓜棚下的母亲，忽然有些想她，后悔跟了姐姐回来。我宁肯饿着肚子，也不想在如此孤独的夜晚，一个人吃饱了睡下。

后来母亲究竟有没有回来睡觉呢，我也不知道，因为第二天清晨，我睁开眼睛，母亲已经扛起锄头又下地干活了。桌子上放着一个洗干净的甜瓜，我欣喜地咬下一口，觉得院子里没有人声的寂寞，被这甜蜜的味道给冲淡了。

谁也不知道偷瓜的人究竟是什么时候踩点的，大约西瓜刚刚冒出头来的时候，他们就已经开始琢磨上了，眼瞅着哪家的瓜地一派喜气丰收的模样，各个西瓜都圆滚滚的，惹人惦记。如果不吃上一个，这一年夏天，真是等于白过了。看瓜的人，也大约在视线交锋中，就发现了偷瓜者的欲望火苗，所以一来一往，就是家家瓜地里都建起了瓜棚，等着前来买瓜的人，更等着胆敢偷瓜的那个主儿。

可是那个来偷瓜的贼,始终都没有来,以至于我常常问母亲,明明没有贼来我们家,为什么还非要那么辛苦地天天在地里看呢?母亲便瞪我说:万一哪天贼来了,将西瓜全都偷走了,岂不是这一年都白辛苦了?

西瓜被一车一车地拉着去集市上卖的时候,很少会有人再将防贼当成看瓜的重点。那时候的瓜地,渐渐变得空旷,露出了泥土的颜色,而田地中间点缀一样的甜瓜,更是显得落寞和孤独。

太阳已经快要落下地平线了,整个村庄都笼罩在薄薄的青烟和夕阳之中。一切都是安静的,连狗叫也没有。哑巴女人的声音,在远处的某个地方啊啊地传来。不知是在与人争执,还是在向人描述着什么。一只羊咩咩地在地边上吃草,谁家的狗忽然间受了惊吓一样,叫了起来。我一块田地一块田地地走过,看到村子里所有的西瓜地,原来都与我们家的一样,变得空荡起来,好像被洗劫过后的战场,或者被人偷袭过的家园。有些忧伤,还有失落。我想起瓜棚也很快就要拆了,我养的蚂蚱,大约会在某个清凉的夜里,悄无声息地溜走。而等到瓜棚的四个柱子拔掉,地面重新成为田地的垄沟,完全看不出我曾经在某个夜晚,躺在瓜棚下看向天空的痕迹。

我知道,最后一个有些寡淡的西瓜吃后,热闹的夏天,也就快要过去了。

瓦

马 浩

行走乡村，我对房上瓦极有兴趣，瓦会说话，与阳光、雨水、风霜，与长在瓦棱的花草，只要你用心聆听，就能听到，那些有关岁月沧桑的话题。

水乡屋顶的瓦，一般都是小瓦，泥土烧制的那种。瓦为天青色，状若弯月；北方平原上的呢，多是洋瓦，就是水泥制作的灰瓦，大大咧咧。小青瓦婉约，大灰瓦豪放，不经意间，南北方的性格、习俗便在屋瓦的细节中流露了出来。

当然，我所说的是目前所见的情景。其实，南北方在使用青瓦上，似乎并无如我这般拟想的差别。我出生在北方，记忆里，村庄里也有零星的青砖小瓦的青瓦屋，多是地主乡绅的遗存。青瓦卡的屋顶，有种言不出的阴柔之美，屋脊多有小瓦组成铜钱状图案，青瓦仰面为沟槽，覆面为瓦棱，凸凹有致，如书写屋面的诗行，岁月的风尘积淀在瓦缝隙间。不知是风抑或鸟雀带来的草籽，草的家族便在瓦缝之间扎根发芽，一代又一代，故事在秋风里摇曳着，似乎在诉说着世事的迁流。

昔日，我们村就有窑场，烧过青砖、烧过青瓦，村里却没有几处青堂瓦舍。"满朝朱紫贵，不是养蚕人"。我总觉得青瓦的诞生向来都不是为布衣百姓，过去，在乡村只有有钱的乡绅才能盖起瓦屋，一般百姓，都是黄土筑墙茅盖屋，和泥筑墙，麦草、稻草、茅草做瓦，篱笆圈墙，柴扉为户，家有老小，外加一头驴，一头猪，一群鸡，一只看家的黑狗，炊烟袅袅，鸡犬声声，烟火的小日子就在四季中不急不慢地行走着。他们烧制着青瓦，心底或许从来都不曾想过留作自用。

自我有记忆始，村里的窑场就废了，堰头的窑早已坍塌，仅剩下一座窑圹。荒草萋萋，常有狐狸、黄鼠狼出没，取而代之的是生产队的"瓦房"——制作洋瓦的作坊。"瓦房"就在我家的大门前边，从"瓦房"后窗就能看到制瓦师傅们制作洋瓦。洋瓦，洋灰瓦的简称，洋灰也就是水泥，水泥瓦的盛行，洋灰瓦遂简称为瓦了，为别于青瓦，小巧的青瓦便改称了小瓦。

瓦房的门前有口带着水车的水井，几口水泥大水池子，制作好的灰瓦放在水池里，等待水泥慢慢地凝固。水池里的水就是水车抽上来的井水。夏日，看师傅制瓦，推水车玩耍，在水池里玩水，摇摇晃晃地行走在水池间池壁上，有趣刺激，以为乐。

在"瓦房"中看师傅制作瓦，也是件好玩的事。制瓦有制瓦的机器，有模具瓦，模具瓦是铸铁的，用时刷上柴油，摞在瓦机子边上，供师傅取用。瓦机中间是四根可上下的铁棍，以支撑模具瓦，两边是盛水泥的槽子。师傅双手持抹子，

/155

把水泥覆在模具瓦上，然后，用铸造好的瓦截面形状的瓦棒按压，瓦初具形状时，用细箩子筛撒水泥，用瓦棒来回按压，这叫挂浆，目的为了瓦易于淋水。师傅一踏支撑板，瓦便如一朵出水芙蓉般挺出瓦机，立在一边师傅用手托起，放在一只可转动的木支架上，用小刀割除多余的水泥，一只灰瓦就算制作完成了，放在一边晾一下。待水泥发硬了，然后置入水池中，老灰之后，把模具瓦去掉，瓦便可以随时亮相屋顶了。

儿时，经常泡在"瓦房"里，对于制瓦的程序，早已了然于心了，可始终没有机会实践。灰瓦似乎天生就没有嫌贫爱富的意识，乡村，普遍使用灰瓦建房，起始是半草半瓦的屋顶，墙依旧是土坯墙。而后，出现了腰里穷，民间的语言就是丰富多彩，不服也不行，何谓"腰里穷"？瓦顶，青石砌基，青砖筑就的山墙，只是四面屋墙是泥坯的，故称"腰里穷"。"腰里穷"亦不是过渡阶段，随之而来的就是青三间了。青三间，墙全部是青砖砌的了，青砖灰瓦，青砖墙院，大门楼前出后攒，一派生机盎然的农家小院就落成了。院中，若架上一架葡萄，全家在葡萄架下晚餐，场面着实温馨。

或许，儿时一度以瓦为乐，潜移默化，对瓦有种难言的情怀，让我每到一处，都会留心建筑物上的瓦，我似乎能听懂风尘中瓦的语言，光阴的故事。

花肉的记忆

张亚凌

> 葱花与热油相拥的一刹那,香味儿扑溅而来;鸡蛋被彻底搅拌进面粉里,依旧蓬松着自己的骄傲。这就是儿时吊着我馋馋的胃的花肉,让我在贫穷的日子里快乐如花般绽放。多年后,儿子的欢声笑语又在花肉的见证下抖落了一地……
>
> ——题记

就像邻居家乳名叫"老虎"的那个孩子,胆小异常;就像儿时班里叫"大壮"的那个同学,身材像豆芽;就像同事里叫"美丽"的,长相想不到的寒碜……莫非在我们这种小地方,叫啥都有点儿缺啥的味儿?花肉,也不例外。所谓花肉,就是调料、鸡蛋、葱花放进面粉里用温水搅拌,和成能在筷子上粘连成线状的不稀不稠的面糊儿,油炸而成。没肉的成分,一点儿都没有。

花肉是贫穷岁月里母亲让我们开心的不二法宝。

"明天炸花肉!"母亲说这话时,那脸上的骄傲,宛如女皇,好像她将把世界上最美最好的呈现给自己的孩子。自然,吃花肉对我们来说如同小型过年。

母亲将葱白细细地切成葱花,葱白切开,一圈一圈,犹如翡翠的花。葱花见了热油,香味就飘满了屋子。母亲还会切一点儿葱叶,葱叶青青的可以提色。再贫穷再凑合,母亲做饭时也尽可能让颜色来刺激我们的食欲,更何况是炸花肉这种极为重要的吃食。

先舀两勺子面粉,再打鸡蛋,圆圆的蛋黄白白的蛋清,在面粉上还调皮地抖动呢。撒上葱花,放进调料,母亲就搅拌起来,一个劲儿顺时针搅动。母亲说,一个方向搅面才顺当,要不面就很毛躁。在母亲眼里,面还有脾性呢。

开始炸花肉了,母亲一边挥着手臂喊"躲远点儿,躲远点儿",我们还是凑过去。母亲就生气了,她害怕热油溅到了我们,可我们,更害怕错过面在油锅里欢跳的情形。母亲的筷子挑着稀稠刚刚合适的面团就往油锅放,放时挑挑划拉划拉,就有个老虎的样子:昂首,四蹄撒开,似乎还有飞扬的鬃毛。

花肉的魅力在于做的过程,随着母亲神奇的筷子,油锅里就会出现种种形样。而葱花见了热油,夸张的香味也是不可抗拒的。吃一次花肉,我们的快乐会绵延好长一段时间呢。

二十五年前,我也成了母亲。一个月180块工资,花钱的地方多花钱的人也不少,还是得很节省地花,一周也舍不得吃次肉。花肉,又成了我跟儿子的游戏。

常常是周末,我说妈妈给你做花肉吃。儿子就欢呼雀跃。那时的儿子特容易满足,给他买个棒棒糖,他都会在手里旋转着喊着"棒棒棒,我真棒",快乐就在小脸蛋上泼溅开来。

我也会像母亲那样，顺时针悠悠地搅动，儿子性急，不停地催促"好了好了，炸吧炸吧"。我给他解释，说面舒服了，咱吃得才舒服；面毛毛躁躁心里憋屈了，咱吃着也难受。你看你姥姥冬天用刀切东西前，总用温水擦擦刀——刀舒服了，切菜时才好用，菜也不别扭……我一说，就扯远了，儿子却抓住不放：妈妈，你要是打我时也轻轻地，你的手舒服了，我也不难受。这个小家伙，总能顺藤摸到自己想要的瓜。

开始炸花肉了，我会很小心很小心，确保油绝对不会溅起来，这样儿子才能在锅边跟我一起玩。他说愿望，我来实现。

妈妈，要老虎。每次，儿子第一个要的都是老虎，常让我想起儿时的哥哥，男孩嘛，啥时都一样，渴望拥有雄性的威武气魄。

儿子的乳名叫虎子，有一次我开玩笑道，油炸叫"虎子"的老虎喽。他就叫着喊着蹦着跳着，闹得不可开交，以至于我笑得直不起腰来，他却还是不罢不休，我只好告诉他下一个是"油炸亚凌"。可当我准备做"油炸亚凌"时，他又拽住了我的胳膊，说不油炸妈妈了，妈妈也不能再油炸虎子了。

我们又继续做花肉。

还炸出河马、大象、奥特曼、高楼、蹦蹦床、游乐园……凡是那一刻他能想象出的，我都想象着来造型。像不像是回事，最重要的是我们都觉得它就是，也就开始讲关于它的故事。

儿子已经长大了，偶尔，他会很煽情地说，妈，想吃你

/159

做的花肉了。那一顿做饭时,我一定会顺带炸点儿花肉,似乎儿子就垫着脚跟眼巴巴又馋馋地看着……

花肉,是贫穷时母亲留给我们的快乐,也是不富有时我给儿子酿造的幸福。想起花肉,心里就溢满幸福,欢喜就在已经沧桑的脸上荡漾开来。

百花深处

闫荣霞

董桥属文，引一位女士的信，说她曾住过的东总布胡同椿柿楼里的花讯："偶尔有点儿不冷不热的雨，庭院里花事便繁：玉簪、茉莉、蜀葵、美人蕉，白白红红，烂漫一片。半庭荒草，得雨之后，高与人齐。草长花艳，也是一番景致，不知足下此刻可有赏花心情？若得高轩过我，当可把酒药栏，一叙契阔。"

引人怀旧。

小时我家住乡村，民生凋敝，高房大屋少，里弄小巷多。以村中央一口甜水井为中心，往外布射着条条小胡同。

天蒙蒙亮，我爹便用一根颤悠悠的枣木扁担，挑两只铁皮桶，扑嗒扑嗒，步出胡同，胡同口的大槐树衬着天光，是一团阴阴的影。青石砌起的井台被多少代乡民的鞋底磨得锃亮，旁竖木辘轳，辘轳上一圈一圈缠粗麻绳，绳端铁钩，我爹把它钩住铁桶提系儿往下一悠，再单手拧着辘轳把往卜倒，吱呀，吱呀。桶落水面，咚然一声，接着听见咕嘟咕嘟桶喝水的声音。待它喝饱，再双手慢悠悠往上摇，吱呀，吱呀。老槐树上掉下一粒两粒青白的槐花。

我爹挑水前行，身后水迹弯弯曲曲——胡同不直，乡民把土坯房随性而建，东凸一块西凹一块，搞得胡同也东扭一下西扭一下。乡民聚族，当时整一个胡同都是"闫"姓。把住胡同东口的是大爷家，大爷的岁数倒是不大，辈分大，喜抽亲手卷的叶子烟。五十余岁即去世，在他去世前一年，大儿子跑到乡里办事，办完事蹲在路旁的石碌碡上抽烟，一辆大卡车卷他进车底，收拾残骸不成人形。大爷一夜老十年。我对他家最鲜明的印象是猪圈，因大爷喜欢蹲在圈沿抽烟，猪对着他哼哼。我背着花格布书包，天天上学放学都看见。

把住胡同西口的是大娘家，大娘是个寡妇，独力拉扯大了二女一男。大女儿初嫁到外地，珠光宝气，手里攥着花一万多块买的大哥大，好似板砖，数年后早逝。二女儿漂亮，嫁了人后包了金牙，喜吃生炸的饺子，打公骂婆，颇凶悍。儿子天生瘸腿，如今五十岁，动不动问他的老娘："光吃饭不干活，你咋还不死？"我在路上见过他，唯一的儿子不知何事正蹲监狱，满脸胡子拉碴。

再进去路东是牲口圈，几间畜栏，无朝无暮地散发着马粪气。路西便是我家，碎砖的墙，土夯的院，院根有阴阴的绿苔。小方格的木窗，一个格里贴一张窗花，兰花，抱绣球的猫，小老鼠上灯台。日晒雨淋，是旧旧的黄红。正屋三间，灶屋一间，秋忙时节，大人顾不上我，我就在灶屋的柴禾上睡觉。夜晚大人酣眠，我大睁着眼睛，看窗外的大树在窗纸上画出簌簌的活的影，胆战心惊。

胡同是把勺，我们这三家算是勺柄，再往里勺头部分也生活着三户人家。

　　一户是我的亲叔叔,他家门外有个巨大的青石碾盘,碾盘上有碌碡,碾谷碾麦。七八岁那年,大冬天耍顽皮,我跑到他家的房顶上,两腿耷在房檐,鞋带开了,低头系鞋带,啪!整个人正正地拍在碾盘上,像贴烧饼。躺了半天,才喘匀一口气,爬起来跌跌撞撞找我娘:"娘,娘,我从房上摔下来了!"我娘立马抱我找郎中,老郎中看了看,说没事没事,让孩子躺下缓缓。现在想想,人小骨嫩,且穿着厚棉袄,又避开了大石碌,真幸运。

　　一户是我的堂伯。我对他家的猪圈也是大有印象,他家猪圈是空的,不知道谁扔了一个丝瓜,我奶奶哄我爬下去,拾上来,剁剁当了包子馅。

　　另一户也是堂伯,他家有个很凶的奶奶,小脚像锥子,下雨走在泥地的院里,一走一个深深小小的坑。有一次好玩叫了一声她的名字,她领着一大家子打上门,要跟我这个五六岁的娃娃算账,说老人的名讳是你这个小狗蚤叫得的吗?

　　胡同里活的人个顶个烟气腾腾,偏偏胡同里的墙根下,家家内墙四围,土做的庭院边上,栽种着种种的洋姜花、大丽花、指甲花、玉簪花、茉莉花、桃花、杏花、梨花、李花。春暖时节,花事繁盛,给整个胡同都罩上一层百丈红尘撕不破的静。

　　现在老年人一个两个三个地作了古,青石碾盘莫知所踪,甜水井莫知所踪,陈旧的、雕着花的、不知道哪年哪辈传下来的八仙桌椅莫知所踪,画着猫瓶(一只猫守着一瓶花)的

/163

躺柜莫知所踪，提梁的茶壶、手织的棉布、我自己亲手绣的金鱼戏莲的手帕，都已经莫知所踪。那些鲜鲜的，不名贵的，热闹却又超出世尘的花，也莫知所踪。

整条闫姓胡同已经不在，张姓胡同、赵姓胡同、李姓胡同……都已不在。整个村庄搞规划，横三刀竖三刀，刀刀砍得胡同老，且又处处在盖高楼，这时候读汪曾祺的《胡同文化》："有名的胡同三千六，没名的胡同数不清……"就不知道该哭还是该笑。

无数乡村的无数胡同，在世亦无名目，消亡更无名目可资留念，怅望低徊也只属于我这样的中年人，年轻人对于胡同，实实地无印象，连带亦无感情。

"撑着油纸伞，独自彷徨在悠长、悠长又寂寥的雨巷，我希望逢着一个丁香一样地结着愁怨的姑娘"，诗名"雨巷"，其实也不过就是想在长长的、下着雨的胡同里逢着一位诗意的姑娘。如今胡同不在，没有槐叶和丁香的芬芳，也看不见撑着油纸伞的结着愁怨的姑娘。这样的诗亦不会再有，文亦不会如春草，更行更远还生。

老巷不在，旧宅不在，花叶不在，天边斜阳和连天的衰草亦不在，改变的不独是人的心态，亦是中国文学的生态。

有句英文这样说"Now sleeps the crimson petal, now the white"，意即"绯红的花瓣和雪白的花瓣如今都睡着了"。董桥又写过一篇《胡同的名字叫百花深处》，文章未见多么风致，篇名却无限婉约。百花凋敝，胡同也湮灭进浩浩光阴，就像花瓣入了睡梦。

它原本有一个美丽的名字

孔祥秋

说来我很早就知道了地瓜花的。当然，这里说的地瓜，不是乡间里的那种农作物。对，它不是红薯。

那时候我家侄女还小，总爱在堂屋门前栽种一些花草。那年，侄女的花丛里长出一棵很壮实的青棵子，它竟然开出了碗口般的花朵，让其他的花草陡然就了无颜色了。我自然是非常喜爱。那天，一个亲戚来我家，说这花叫地瓜花。我很是不服气，还和他犟。这么好看的花，怎么会有这么土气的名字呢，认为他是不懂装懂。在母亲的喝斥下，我才气愤愤地住了声。后来，知道那花真的叫地瓜花，我对那花的热情一下子就凉了。

想一想，许是因为当年地瓜实在是吃多了，也就牵连了这同名的花，惹我的厌。

那时候，家乡老人没啥文化，原本水灵灵的小姑娘，却总起一个丫蛋、臭妮这样的名字，也就一下子土气了、傻气了，常常会被人低看一眼。说来，我曾经喜欢过一个女同学，现在想来，她实在说不上漂亮，也不过是有一个很不俗气的名字。我和妻子当年恋爱时间并不算长，又因为相隔遥远，大多的时间仅仅是书信交往，深层次的了解不能算太多。结婚后，妻子知道了我的乳名，就说，早知道我有那么个小名，是决不会嫁给我的。叫这名字的人大都木讷、傻气。说来更可笑的是，我原来的单位有个同事，原本要提干，因为一个很恶俗的小名被领导知道了，却因此断了前程。

　　我想说的是，因称谓定性人、物，由此形成了心中潜意识的好恶，似乎不是什么偶然，的确是大有人在。

　　说来这些年我好像没有再见过地瓜花。仔细想想应该还是有的，大概是因为心中没有了那份喜欢，也就忽略了吧？

　　前年搬到城郊住，邻居家的大门外种了许多的花草，我好不喜欢。不过，门口的东侧有一大丛地瓜花，这实在是不能让我忽视了，因为那是太大太大的一丛。可我还是没有怎么正眼看那花，多是在其他花前站着。有一天闲翻资料，忽然发现地瓜花还叫天竺牡丹。哈，这就对了，这般富丽堂皇的花朵，是应该有这样的名字的。

　　我兴匆匆地来到邻居家的大门口，正好那位大叔正在给地瓜花施肥，就对他说，叔，你知道吗，这花还叫天竺牡丹。大叔并没有表示出一点儿的惊喜，只淡淡地说，叫啥不要紧，只要花好看就行。

　　邻居家大叔的这话，一下子震住了我。是啊，花好看就行，何必纠结于名字呢？

　　我这些年一直隐匿着自己的乳名。还有，那年我在市中心碰到多年没有见面的玩伴，一下子叫出了他的小名，他那满脸不高兴的表现。这些刻意的避讳，不都是纠结于此吗？

因称谓而定贵贱，因形貌而定美丑，实在是肤浅而偏颇的。

想一想，我们常常因为一些虚浮的听闻，或是表面的东西，而往往忽略了真实的美。罂粟花美不美？美。可它却不结善果。麦子或是豆子这些庄稼，虽然花开默默，几乎无色无香，却盛产粮食。正是这最善良的籽粒，喂养着一代代的人们。谁能说这不是世间的大美？

片面的理解一物、一人、一事等等，其实是心智很不成熟的表现。我，常常犯这样的错。

懂得美在哪里，才能好好地展示自我，才能好好地享受世界。

虽有泥土之名声，却有牡丹之美丽，不自卑于低贱，也不自诩于高贵，这，就是地瓜花。地瓜花就地瓜花吧，也许它正因为有地瓜一样朴实的心态，不纠结于其他，于是花开处处，成为世界上栽培最广的花。

人，如果少一些纠结，也就会多一些花草的自然之美，多一些花草的自在幸福。

鸡爪霜

马 浩

鸡爪霜,在我眼里已不是三个字,而是一幅水墨小品,一痕远山隐约着数点茅舍,枯草两丛,疏木几株,鸡爪浓浓淡淡,散落在留白处……颇具况味。

霜,若少了几枚鸡爪印,想来味道会大减,不过,以脚爪状霜之厚薄,没有生活经验,恐怕实难想到,鸡爪与霜,表面看上去,似乎怎么也联系不到一块去,事实上,偏偏又发生了联系,一如鸡爪霜,让我莫名地想到"东方欲晓,莫道君行早"的词句来一样,能令人由此及彼地产生联想的物事,一定有其内在的联系。

白露为霜,霜乃水汽遇冷凝结而成的,怕阳光,想接近霜,需起早,起早一词,似乎又不只是字面上那么单纯,它暗含着勤劳、吃苦、发奋的意味。

过去,在乡村,鸡,扮演着义务司晨的角色,"鸡叫了,天明了,老头起来上城了,老太起来补衣裳,一补补到牛皮上。"一首有趣童谣,似乎透露出诸多的信息,最凸显的,莫过一个起早两字,天刚蒙蒙亮,掌灯费油,不掌灯,屋里有点儿昏暗,老太太为了省油,结果把衣裳补到了牛皮上,老头出门上城，干什么呢？可以自由发挥，估计是去卖东西的，推着独轮车，咬着烟管，踏着鸡爪霜。烟火的日子，过的就是有一个奔头。

读书的时候，曾有段走读的时光，尤其在下半学期，秋冬季节，日短夜长，鸡叫三遍起床上学，月还挂在村头的老槐树梢上，满目白霜皑皑的，其实，鸡比人起得还早，霜上早已留下了鸡爪痕。

"三更灯火五更鸡，正是男儿读书时。"这碗鸡汤，我曾经常喝，记得还有一碗，那便是有关祖逖的一个励志故事——闻鸡起舞，都与鸡有关，无外乎一个"早"，那是勤奋一词所不能涵盖的，好像没怎么觉得有多大裨益，不过，平心而论，三分钟热度还是有的。

说到励志，有这么一句：早起的鸟儿有虫吃。务实的时代，励志的话也很直白赤裸，我总觉得早起的鸟儿多半是饿了，温饱的鸟儿，估计不大会早起，即便早起了，也未必就会急着找虫吃，大约会在枝头嘤嘤成韵。其实，所有的励志故事，都有着具体的环境，离开了具体环境，励志便成了一味精神安慰剂。

"鸡声茅店月，人迹板桥霜。"温庭筠《商山早行》中的诗句，鸡鸣、冷月、寒霜，都有了，可以说是唐诗中数得着的佳句名句。北宋文学大家欧阳修极为推崇，他的"鸟声梅店雨，野色板桥春"，极具刻意模仿之能事，其结果，差温庭筠岂止是一个朝代！温庭筠人送雅号温八叉，满腹的才学，却不得志，好友徐商镇襄阳时，让他过去做个巡官，此时，温庭筠已过知天命了，身世飘零，阅尽人事沧桑。此诗，便是温庭筠赴襄阳投奔徐商，一大早途经商山时所作，水瘦山寒，枯树败草，白霜染道，此情此景，不免让温庭筠感怀身世，"茅店月"、"板桥霜"，实乃温庭筠飘零的身影，醉翁没有此等境遇，也只能刻意去模仿了。

有首歌，这么唱着"不经历风雨，怎么见彩虹，没有人能够随随便便成功"。每个成功者的背后，无不有一段不可复制的人生际遇，就像寒霜，水汽遇冷的结果，若冷度不够，或成雾，或为露，独不能成为霜，便是有霜在，若不起早，也不会看到霜，更无从谈起鸡爪霜了。

我也弄不清，有多久没见过鸡爪霜了，三更灯火还伴着我，翻翻书，敲敲字，以宁浮躁之心，只是没了鸡声报时，好在，鸡爪霜，总会在我闭目时，呈现在我的眼前，不分时序，让自己知道，心还在路上。

养一畦露水

许冬林

露水是下在乡村的。只有古老的山野乡村，才养得活精灵一样的露水。

童年时，在露水里泡大，以为露水是入不得诗文的，直到读《诗经》里的《蒹葭》才开了心窗。"蒹葭苍苍，白露为霜。所谓伊人，在水一方。"古老的风情画呈现于眼前：雾色迷濛，芦苇郁郁苍苍，美丽的女子在露水的清凉气息里如远如近……

我的童年里也有睡在苇叶上的露水，但那是另一种风情。生产队里养着一条褐色水牛，农忙时节，孩子们大清早起来割牛草。我和远房堂姐相约着，去村西河边的芦苇荡里割草。卷起裤管下去，脚下的软泥滑腻清凉，芦苇一碰，露水珠子簌簌洒一身。从脖子到后脊，到前胸，露水的凉意在皮肤上蔓延，还似乎带着微甜的味道。苇丛里的青草又长又嫩，几刀便可割一大把，有时还顺便割一把细嫩的水芹，算作中饭菜。出了芦苇荡，几个大青草把子拎在手上，一路滴着露水。我们的头发和衣服，也被露水打得湿透。仿佛洗了个露水浴，脸上，身上，眉毛上眼睛里，皆是露水。白露未晞。白露未已。

那时候过暑假，晚上不爱在家里睡觉，而是在平房顶上露宿。堂姐堂哥堂弟，唧唧喳喳的一大群，自带凉席，都来我家的平房顶上睡觉。我们简直成了原始部落，月光为帐，星星为灯，感觉自己就那么睡在天地之间，也像草叶子上的一滴露水。到后半夜，露水重重地下来，裹身的毯子又凉又软，翻个身，贴着堂姐的后背，听她说断断续续的梦话，窃窃想笑。星星在耳边，垂垂欲落，虫声蛙声都已歇了，四下阒寂。满世界，只剩下了露水的清凉气息在流散、漫溢。露水里睡着，露水里醒来。清晨下房顶，常看见邻家的瓦楞上结着蛛网，蛛网上也悬挂着露珠，亮晶晶的，在晨风里摇摇欲坠。

暑假一过，初秋早晨上学，穿过弯弯曲曲的田埂，也是一路蹚着露水去学校。到学校，一双小脚泡得好白，又白又凉，嫩藕一般，脚丫里有草屑和碎小的野花。那时候，常提着凉鞋上学，到了学校后，才下到校前的池塘边，洗掉脚上的草屑和野花，将一双被露水洗得格外好看的小脚插进凉鞋里。有时不舍得插：是露水让一个乡下小姑娘拥有了一双不为外人知晓的好看的脚。

成年之后，庸庸碌碌，在家和单位之间来回折返，过着千篇一律的两点一线式生活。有一日，读《枕草子》里写露水的几句，才想起自己似乎好多年没看见露水了。忙时只顾着抬头往前赶路，快！快！闲时只想饱饱地睡会儿懒觉，起床时，草木上的露水已经遁形。以至认为：露水，是只下在童年的！

当然不是。露水一直在下，下在童年，下在乡村，下在有闲情闲趣的人那里。

《枕草子》里写露水的笔墨多而有情趣，而我最爱玩味的是这一句："我注意到皇后御前的草长得挺高又茂密，遂建议：'怎么任它长得这么高呀，不会叫人来芟除吗？'没想到，却听见宰相之君的声音答说：'故意留着，让它们沾上露，好让皇后娘娘赏览的。'真有意思。"读到这里，我恍然觉得游离多年的一片小魂儿给招回来了。养花种草，不是目的，是为了给一个闲淡的女人去看清晨的露。烽火戏诸侯，裂帛博取美人笑，都不及人家种草来养露水的风雅。

我读着《枕草子》，不觉痴想起来。痴想有一天，能拥有一座带庭院的房子，四围草木葱茏。院子里，种花种菜种草，一畦一畦的。清晨起来，临窗赏览，看一畦一畦的露水，都是我养的。

养一畦露水。在露水里养一个清凉的自己。生命短暂渺小，唯求澄澈晶莹，无尘无染。让美好持续，一如少年时。

难忘草原手扒肉

李 勇

如今日子过得优越了，经常到各色火锅城涮顿羊肉，可我总忘不了在部队时，去草原牧民家吃的手扒肉，那人、那景、那滋味。

1996年随参谋长去满州里边境。我们连续行军五天到了目的地———边防八连驻地。连长是个典型的蒙族人，叫青巴图。纪录片《八千里路云和月》中就有他。一米八的个子，紫里透黑的脸，铁塔一样的汉子。把我们一行人安顿好，青巴图亲自驱车请我们到附近牧民家去吃手扒肉。

那天特别的晴朗，湛蓝湛蓝的天空，一朵朵白云飘过，仿佛一伸手就能摘下来。正是雨季，草长得很是茂盛，空气中都透着青草的芳香，驱车行进在其间，真的有种与天地相拥的感觉。

驱车走了半个多小时，翻过一个小山包，就望见不远处一个俊气的蒙古包，两只牧羊犬，蒙古包后面停着一辆大水车，再远一点儿是一群正在悠闲吃草的羊，听到我们的喇叭声，从蒙古包中走出一个中年汉子，见到青巴图高兴地跑上来拥抱，青巴图从车上搬下两箱酒，钻进蒙古包抱出一块毯子铺在草地上，看来他对这家人很是熟悉。

我已经记不起牧民大哥叫什么名字了。边境上的牧民与边防连队关系都处得特好。他告诉我们，这里的羊都是吃草长大的。有一种叫沙葱的小草，羊吃了以后可以去掉原有的膻味，还说吃手扒肉两岁半的羊最好，边说着边把牛粪干放在大锅下面点着了，这时羊已经抓回来了。平生还是第一次见牧民杀羊，以为和内地村里过年杀猪一样，放血、吹蹄、去毛……只见牧民大哥先是抚摸着羊头，然后手顺着羊背向后轻扶，不知道在哪个关节，忽然手狠抓下去，羊无声地倒下来，看不出有半丝的痛苦，然后拿出一把精致的小刀，从羊脖子向下轻轻滑去，竟不见一滴血出来。

牧民大哥边干活边讲，草原上缺水，羊血也是好东西，不能浪费，这样剥皮杀羊的方法可以不用水洗。羊血倒流，从肉中回到血腔，然后取出，肉里就没有血了。血取出后可以灌血肠，血肠是这里牧民招待贵客时才用的。我看着表，从下刀开始到羊肉分解下锅，大概就是十五分钟不到的时间，地上只剩下一张剥好的不带一滴血丝的羊皮平平地展在那里。真想不到杀羊也可以这么艺术。

青巴图手捧着刚取出的羊肝来到参谋长跟前说："以草原规矩，分吃羊肝才是好兄弟，这叫肝胆相照。不知道你手下有没有与我肝胆相照的兄弟？"参谋长看看我，我看看青巴图，又看看他手中的羊肝，从旁边取过一把刀，生羊肝没吃过，生鱼片我吃过，只是这种吃法有点儿更原始。第一片入口，我以为会吐出来，结果发觉入口很爽，也没有什么异味，大概和黄瓜片的感觉差不多，就着60多度的草原白我们俩分吃了那副羊肝。青巴图笑了："兄弟，羊肝是明目的，生吃效果最佳。"说话间，手扒肉熟了，用两个脸盆端上来，没有太多的佐料，只有一人一只碗和一把刀子。青巴图总是把那些大根的骨头、大块的肉给我们，而他却用刀子刮那些难以下口的脊骨。那骨头从他手中扔出来的时候，基本都是白花花的不带一丝肉的，我试试像他那样用力，却无论如何也做不到的。

那天我们吃了很久，聊了很久，大家都吃得畅快淋漓，说得畅快淋漓，直到很晚。

后来因为任务紧，再没有去过那位牧民大哥家。回到内地，也去过几家做手扒肉的风味饭店，但再没有那次手扒肉的味道。

现在想来，这个世界上美味的东西实在太多，人生能够享用一次就已是苍天眷顾了。

第六辑

喜悦微凉,梅影映东窗

远离让你不愉快的事情,珍惜活着的喜悦。

远离让你庸俗的事情,悦享雅致生活的安乐。

远离奸狡、嫉妒、伪饰,看花,看星,看月,一个人蓬门不迎俗客至,花径不缘俗客扫,手抚孤松,自在盘桓,喜悦微凉,是对生命的善待。

无俗心

许冬林

俗心人人有。俗心时时灭。

少年时看《真假美猴王》，当时只觉精彩，多年后咀嚼，嚼出了深味。真悟空和假悟空，从观音菩萨到天宫玉帝到地府阎王，谁都分不清真假，最后，还是如来佛祖，一语道破天机。佛祖跟悟空说，他乃六耳猕猴，和你同根同源。

他因悟空心生恶念而生，心生善念而灭。

其实，悟空还是只有一个。真的和假的不过是一体的两面，是人心善恶的两种呈现。而所谓"恶念"，有时，大概也就是一份俗心吧。计较得失，心怀怨愤，难持真心恒久心，都是俗心了。真悟空打死假悟空，原就是一个圣徒终于舍弃了俗心深重的那个自己，从此怀揣佛心，轻装上路。

萧红的文字一直不喜欢。每每勉强自己去翻，总是半途折返，觉得啰唆，也欠缺劲道。有一天，偶读到一节文字，写她和祖父在菜园里的情景，蓦然惊讶称奇。"花开了，就像花睡醒了似的。鸟飞了，就像鸟上天了似的。虫子叫了，就像虫子在说话似的。""倭瓜愿意爬上架就爬上架，愿意爬上房就爬上房。黄瓜愿意开一个谎花，就开一个谎花，愿意结一个黄瓜,就结一个黄瓜。"这些大巧似拙的句子,像初阳下的露珠,像青草上的微风,透明而轻盈。人间多少物事老了旧了破了脏了,只有她,还抱一颗纯洁自由的童心,无邪无畏,不老在褶皱满布的岁月里。生活那么艰难,情路那么坎坷,她在写作时都一一将之略去。她打碎了自己,化作金阶玉砌前的离离蔓草,化作瓦砾,化作细藤……那么普通,那么真实,那么风情摇曳。写作面前,她空灵澄澈,她了无俗心。

记得看过一张奥黛丽·赫本中年时的照片,那时她已隐退,回归家庭和婚姻。照片里,她坐在乡村花园里的长木椅上,葱郁的树阴下,一个人静坐。素色的衣裙,素静的光阴,素洁的心。灯光,掌声,万人追捧的荣耀都一一远去。她自愿舍去。俗心远去,她过着露珠般晶莹而恬静的日子。总觉得那照片里有微微的风经过,有轻轻的虫鸣唱起……树林背后,一定有农人荷锄回家,炊烟升起。俗心远去,一滴水回到大海里。回归渺小,成就永恒。

懂得把岁月过成减法的人,是大智大雅的人。对于女人,到了该放下的年龄,就该懂得放手收心了:淡如秋水,悠然来去,闲看得失。这时候,若还风尘仆仆,还背负着一颗俗心在争,争名,争利,争心里不服的那口气,着实面目可憎。

红尘俗人,走向无俗心,其实就是将人生不断提纯。在苦难和荣光里,剔除虚荣,剔除痴妄,剔除浮躁,剔除心灵的杂质。像一种金属,在火与力的作用下,剔除铱,剔除铜,剔除银……做天平托盘上一粒真正的千足金。剔除俗心贪欲,剔除卑怯苟且,做一个坚毅又安详的人。

　　最美的女人,是无俗心的女人。身处浮华颠簸的娑婆红尘,内心,已自建起一个琉璃世界。

收集天籁之声

林 静

晚上下班路上,买得大兜橘子。

回家大快朵颐时,又回味起那句"纤手破新橙。"

周邦彦这首词,香艳至极。"锦幄初温,兽烟不断,相对坐调笙",有温度,有香气,有情调,还有更销魂的"低声问"。我初读这首词的时候,喜欢的却是它特写镜头一样的序曲:并刀如水,吴盐胜雪,纤手破新橙。尤其喜欢这句"纤手破新橙"。

确切地说,是后三个字——"破新橙",打动我了。

那是一种极其好听的声音。一种温和的喜悦的挣脱的声音。丝络的每一下剥离都带着私奔前夜的涌动的暗喜,随着橘皮整个剥落,仿佛一个笑容也绽放到最好。

我的心尖上,能和这个声音匹配的,是踏雪的声音,我给那声音取了一个好听的名字:"裂锦断帛"。每次新雪虽是不忍踏,可是,每次第一脚下去,那声音都会让我内心惊喜,让我觉得是这大自然赐予我的奢侈,我脚下踏着的分明就是一堆锦帛,在那断裂的咯吱咯吱的声音里,我得到晴雯撕扇那般,被彻底纵容的孩童一样的快乐。

我的记忆里，收集了很多，天籁一样的声音。

小时候，住平房。房檐下有挑水用的铁皮水桶扣着放，每到下雨天，水滴一串串打在水桶底上，雨不停，那声音就会越来越密集，像一个人认真地欢快地打着清脆的鼓点，不知疲倦，我就听着那鼓声沉沉睡去。

小学四年级的新年，学校和部队联欢，我报幕，第一次听到自己的声音从扩音器里传出来，我觉得自己的声音真好听啊；我还兼有节目，跳一段集体舞，舞台是木板的，跳一下，就"嗵"一声，跳一下，就"嗵"一声，那声音，类似于一个庞大的乐器的低音部，我才知道，原来世界上还有这么有质感的蹦跳！

小学三年级，六一的前一天，妈妈在夜里给我和二姐赶制新衣服，缝纫机"哒哒"地响着，我和二姐在一旁不眨眼地盯着，"哒哒"声急速而有节奏，有着小马驹奔跑的欢快，"哒哒"声停止，我们的新衣服被妈妈拎起来，对着我和二姐比量……那些"哒哒"声，和妈妈伏在缝纫机上的背影，一同深深刻在脑海。

后来的后来，我做了妈妈。哺乳期里，孩子吮吸的声音，尤其是吞咽的声音，我每次都会竖着耳朵仔细听，那么稚嫩的"咕咚咕咚"声，从小喉咙里传出来，每一声，都是珠圆玉润的水珠落在我幸福的心田，滋润着我，那真是属于我一个人的天籁啊。

我把这些天籁之音封存。

某天偶然看到朱光潜先生的《厚积落叶听雨声》，悠然会心。学生要为他打扫庭院里的落叶,他说:"我等了好久才存了这么多层落叶,晚上在书房看书,可以听见雨落下来,风卷起的声音。"

我想,他一定是被落叶上的雨声打动过。

有个同学现居大兴安岭下的加格达奇,每天都被他的蓝天白云刷屏,说实话都审美疲劳到连赞都懒得点了,有一天他发了一段小视频,摄像头对着公园树下的一条椅子,画面一直没动,只听见布谷鸟的叫声,不疾不徐,清远悠长,我立马视他如知己了——一个和我一样对声音这样经心的人。

我想,从耳朵,到心灵,一定有一条小路相通,只要心里宁静,总有一些声音留驻下来。

生命中,太多的是平淡,闪光的片段,也许只是一些好听的声音,好闻的味道,一朵好看的云,一个突如其来的拥抱……把这些珍贵的好东西封存,失落的时候,回味一下,可以抵得上许多安慰。

青蔬香

旭 辉

溽暑六月，空气拧得出水。被几个文友拉去看荷花。

未到时以为是万亩荷塘，荷叶如盖，映日荷花别样红，花嘴上立着红翅子的小蜻蜓；结果到了才发现：一个小小的地块，摆放着一列列的盆桶，盆桶里栽着小枝小叶的荷，小鼻子小眼睛，花如茶杯叶如钱。不过胜在年龄层次鲜明，有十二三岁的，抱着骨朵，只顶端努出一点红；有十四五岁的，乍开了最外围的两个瓣；有十七八岁的，绽开，正艳；有二十多岁的，层叠重瓣，风情尽显；有六十多岁的，残花败叶，不堪看。

我错以为是荷塘的地方，原来是一个同道的朋友办的农场，租了一百亩地，一亩地六十块钱，算下来年租只有六千，然后再把这一百亩地分割成小块，各自分租，年租360元，算盘打得够精，收益也着实旺盛。

地块分割，中间修了一条甬路，搭着架，爬满了藤，吊吊挂挂全是瓜。黄金瓜饼样，绿皮丝瓜周身起瓦楞，未成年的小冬瓜毛茸茸，还有一种瓜，比黄瓜粗，比丝瓜光滑，却吊着一个细细的尾巴，名字叫个"老鼠瓜"。

路两边全是菜。金红的西红柿，还青着的攒簇的朝天椒，长的圆的紫茄子。紫甘蓝，苏子叶，空心菜，油麦菜，香菜，莱菜——这个是音读如此，多年未曾见。小时候，每天我娘都叫我"去，采点莱菜喂猪"，我就背上柳条小筐去菜园，园子里专门种的有一畦莱菜，叶片挺挺的，在清晨的空气里舒舒展展，不用割，用手一勒，一把菜就"采"到手了，断茎处有奶白的汁液，味苦。如今城里人家不喂猪，这菜，分明就是人吃的。我贪心地采了一大把，准备也尝尝看。

满地畦的苋菜，白苋，茎叶都绿，野生。在南方朋友家吃过红苋，炒出来红红的菜汁，把米粒染得像是红琥珀，红玛瑙，红宝石。如今把这白苋掐回半袋，放重油蒜瓣一炒，也可拿来就白米饭。若是人多，还可以拿来包饺子，和肉馅拌一起，是大地散发出来的沉默厚重的香味。这次同去的兄弟们有志一同，都要吃苋菜饺子。已经定好计划，都来我家，拌馅的是谁谁，和面的是谁谁，擀皮的是谁谁。我负责煮熟。然后大家一起吃。

还有葱、蒜，嫩葱细长，散发辛香，长长的蒜苗甩在地上，是美人的发辫。

城里人种菜，撒籽即是，根本少打理，旺旺的长满地，每个人"偷"一堆菜回家去，我也如此，然后分期分批做来吃：

第一天炒的就是莱菜，洗干净，切段，放葱花、蒜片清炒，味道略苦，夏季酷热，正好败败心火。叶片柔软，竟是意外地好下口。第二天吃凉拌苏子叶，叶子紫红紫红，切碎，小青辣椒，切碎，蒜蓉、香油、精油，异香异气。朝天椒青嫩，用一把，留一把。第三天吃小辣椒炒鸡蛋。第四天吃油泼黄瓜，黄瓜拍碎，热油炸花椒，蒙头一泼，"滋啦"一响，放香醋、精盐。还有西红柿拌白糖。

真正的纯天然。

我是农村人，看着土地只觉得亲。认识一个寺院的维那，对我报他中午菜谱：豆腐，四季豆，青菜，黄瓜。我也听得馋。世上人，都是土里长出来的泥人，对土地有着天然的亲。西方一对夫妇，放着很有前途的时尚职业不做，回到农庄当了农民，照片上他们两个，穿着牛仔裤，在紫花苜蓿开成的花海里，头顶阳光热烈，脸上笑容和煦。

一个书法家朋友去世，给他撰了一副嵌名的挽联：玉魂已杳乘鹤去别苦去也，华魄早计踏云归纳福归来。云水归去，纳福天堂，这一生的人间苦处，他是再也不用受了。还有一个医生，得了癌症，不手术，不开刀，不治疗，辞职，每天只用药止痛而已，下到农村的广阔天地，徜徉，散步，沉思，向着生命的尽头缓步而归。我敬佩他。也喜爱这种生活方式，有朝一日我有病不治，也要照此办理。

在生命的最后时刻，病房的惨白的颜色一定不适合我，我愿意闻到泥土和青草、野花的香味，愿意用稻田里种出来的白米和后园手种的青蔬充填我的肠胃。到最后该过的生活已经过了，该品尝的滋味也都品尝，繁华在身后散落一地，意识盘旋而上，步步踏光，四肢百骸都暖洋洋，心头没有遗憾，下个尘世，我便可以再也不用来了。

/187

冬天里的春梦

西 风

　　普希金的诗说，没有幸福，只有自由和平静。其实自由也是没有的，又不是鸟，想飞东飞东，想飞西飞西——其实鸟也没那么多自由，西北还有高楼呢，所以孔雀只能东南飞。人更像植物，种在冬季晓雾漫开的村庄，若是能在乍现的晨光里做一个平静安详的梦，就已经很好了。

　　梦里有光秃秃的紫荆，紫荆的脚边还拥着几片叶子，已经被泥土分解得看不出完整的形状，只剩下根根叶脉，兀自做着独属于它的姹紫嫣红的梦。梦里生机流动，沿着根一路上行，行至茎枝叶脉，从冬走到春。

　　晨露成霜，也不妨碍杨树和柳树、紫荆和柘条迎接按时而至的阳光。然后它们一边向蚯蚓问早安，一边憧憬暖风吹来后，不久即有蝴蝶美人的造访。该来的总会来，比如艳遇和调戏，恋爱和婚床，所以它们并不心急，只按部就班地拔节生长。

　　一群麻雀乌涂涂地停在枝头，小脑袋一顿一顿，在枝桠上东啄西啄，啄得紫荆像是人被搔了胳肢窝，不由得动动枝子想笑，惊得鸟呼啦一下全都飞走。其实惊飞不过是它们做的一个样子罢了,估计它们心里也在笑呢——调戏植物一直是它们的拿手好戏,比调戏电线有意思多了。

紫荆就种在一户人家的窗下,窗子里一个小婴儿正盖着小暖被睡得香甜,眉头一皱一皱,嘴巴一撇一撇,轻轻吭唧两声,像是要哭。妈妈迷迷糊糊拍拍他的小身子,他就眉头展开,又睡着了,然后梦中扯出一个没牙的,大大的,玫瑰花一样的笑。

原来,他也做梦了。

他梦见面前出现一个发着光的圆球,飘啊飘的就裂开了,然后从里面伸啊伸的变出一朵喇叭花,柔软的颈子支着大脑袋,摇头晃脑,晃啊晃的,又倏地团在一起,变成一枚香槟果,香槟果转啊转,转成四个轱辘,上面顶着一个车厢,嘀嘀嘀,公共汽车来了。婴儿一边格格笑一边伸手去抓,呼,一股白烟冒起消散,再定睛看,汽车没有了。它咧嘴想哭,不知道怎么,眼前又出现一个水池,池里有那么多小鱼,有的在吹泡泡,有的在跳舞。

年轻的爸爸妈妈早就醒了,看着小宝宝在梦里手舞足蹈,当爸爸的拿手捅捅肥肥软软的脸蛋,十分好奇地八卦着:

"小孩儿也做梦啊?"

"是啊,肯定特别热闹……"

等他梦醒了,花就开了,冰也化了,小短腿会跑了,春天就来了。

其实,无论是暖屋里的入眠,还是温厚的泥土里的蛰伏,都是亲厚而温暖的。如果能这样赖床不起,也挺好啊。

但是风不许。它会在你的枝头料峭而温柔地缠绕："春天来啦，该起床啦。"

大家伙都不理她，她就一个挨一个地叫："小黄，起床啦。""小绿，起床啦。""阿梅，起床啦。""小柳，起床啦。"

于是，淡淡的黄光、绿光、白光、红光、紫光、橙光、粉光，就从枯槁的枝条里一闪一闪地漫出来，像是在揉着眼睛说："好啦好啦，别叫啦，听见啦，总得让我打扮打扮吧。"

"嗯，打扮好了就出来吧。舞会要开始啦。"

舞会。紫荆举着花做的仪仗，护卫着趾高气扬的白蔷薇国王，粉蔷薇的王后穿着缀满小花的长袍在他身后也昂然进场。一队喇叭花吹着长号，哇哇地响。穿淡紫长裙的那是谁，散发着高贵又清雅的香味。迎春花的晨礼服色泽明黄，桃花一身红灼灼，夜莺在叫，榕树在笑，千万朵花儿翩翩起舞，阳光如片金，被一万只脚踏碎在地上，闪闪发光。

夜了，累了，花也睡了，月光一跌到地，摔痛了屁股，爬起来重新铺满整片草地，发出窸窸窣窣的声响。

啊，繁华里的欢愉，清冷中的希望。

就像我知道人活着一定要死，春天、夏天、秋天之后仍旧是冬；但是我不知道下个路口会遇见谁，不知道哪里会有让人灭顶的爱情，不知道什么灾祸会从哪个方向向我袭击，不知道失去一颗苹果之后，会不会接着失掉手里的金橘。我曾经那么惶惑恐惧，不肯安详。但是现在，命运向前，美景迭现，一切虽不算好，一切总有希望，冬天来了，还有春光。

揩布瓜

张亚凌

初夏，楼下栏杆处的揩布瓜拱出了嫩芽儿，看得我满心欢喜，——温情的揩布瓜。"揩布瓜"是我们合阳的俗称，顾名思义，能在厨房里当揩布擦抹案板碗碟用的瓜。

揩布瓜是一楼住户魏哥种的，他拉二胡唱秦腔，生性率直，为官却不争利。楼前的护栏下有块狭长的空地，魏哥就松土种花草，揩布瓜是主打。

我们呢，揩布瓜的芽儿拱出来了，就满心期盼地想着藤蔓扯开来的喜人架势；藤蔓开始朝着栏杆攀爬了，就满心憧憬等着一面绿墙的出现；绿墙上缀满黄花了，闻着花香就想象着嫩瓜的可爱；结瓜了吃着嫩瓜，倒开始想着瓜老了还可以当柔软的揩布使……那个美呀，滋润了心，香了嘴巴，临了，还挺实用的。完全的不劳而大获，还不停地变化着，简直是天上掉馅饼直接落嘴里的感觉。

说白了，长这么大，我还真没见过如此温情之至的植物：真的是敞开来的无私，义无反顾的奉献，彻头彻尾的忘我。

不信？那就跟着我在想象中体验体验吧：

某天，你低头无意一撇，哇——"嫩芽儿？"你的心好像被什么挠了一下，痒痒的。好像那小小的芽儿被你这么一看，就浑身攒着劲儿长了起来，似乎你的眼前已然蓬蓬勃勃一大片。

——期盼，对，期盼的快乐，捱布瓜给你的第一份礼物就是期盼！

嫩芽儿长起来真不费劲儿，一天一个样，一截一截蹿着长。你呀，就一直分享着嫩芽儿成长的喜悦。很快，它们就野心勃勃地向着栏杆进军了。先是胆大的一根试探着，缠绕了一圈。似乎没事？真的没事！呼啦啦，一片就齐头并进地开过来了。不几天，栏杆就被一大片捱布瓜的藤蔓爬满，绿茵茵的藤蔓，声势浩大地张扬着。你的眼前，就呈现出了一面厚实的绿墙！

你的得意在心里冒着泡，好像是你自己征服了一片荒芜之地。不是吗，死寂的布满铁锈的丑陋的栏杆变得绿油油的，真是神奇。

这是捱布瓜送给你的第二份礼物，让你真真切切地感受到了进取的力量，以至于激发了你沉睡已久的斗志。感谢那面绿墙吧，将旺盛的生命力具体而形象地铺展在你的眼前。

或许捱布瓜不愿意躺在功劳薄上享清福吧，又或许它觉得只是一个劲儿地绿似乎也不怎么养眼，就想着用花来点缀点缀，让你的视觉不再疲劳。是短短几天吧，又或许是一觉睡醒，黄色的状如喇叭的花儿就活活泼泼地开满了绿墙。

瞧，这就是它送给你的第三个礼物，原本不是观赏的花却承担起让你赏心悦目的责任，——只要力所能及，就尽可能地灿烂自己快乐别人。

这时小孩子们就活跃起来了，站在栏杆下数花朵，数着数着，不由自个地就想伸手上去。大人们就出声了：嗨——别摘，还有好看的瓜在后面等着呢。他们就不情不愿又不得不缩回了手。那是当着大人们的面,谁知道心里咋想的?反正总会碰见手里拿着小黄花的孩子,小脸蛋乐得都能鼓起来。

或许花们也害怕了,唯恐被小孩子摘了去,那不白来世上一遭么?就慌忙开始攒着劲儿坐果。小小的细细的瓜儿就探头探脑了,有雨就闹腾,见风就猛长。今天才小拇指般,没几天的时间,就小黄瓜样了。

嫩嫩的搌布瓜见油翻炒就是一道菜,所以我们可爱可亲的搌布瓜也被有些人叫"菜瓜"或"丝瓜"。

吃吧,长得太密集了,不摘藤蔓就支撑不住了。我们上楼时就问心无愧地摘一个当盘菜。放心吧,绝对绿色,没有任何化肥农药,魏哥只是浇水而已。

是吃不完,还是长得快?很快,瓜们就老了,没口感了,不能当菜吃了。好了,这才省心呢,小孩大人都不惦记了,就剩下自个好好长了。

越长越大,胖胖的,长长的,有风吹过,还得意地摆动呢。

入秋了,叶们尽管不舍,也不得不盘旋着飘落。瓜们就裸露起来寂寞起来,伤心得连皮儿也日渐变黄,更别说心里的空空落落。

得了,各自将自己中意的瓜请回家吧,魏哥才懒得搭理呢,他只在乎种。一截绳子绑着瓜蒂,挂起来。晒干,去皮,除籽,柔柔的搌布就出来了。

瞧瞧,仅仅跟着我想了这么一通,都觉得很是滋润,美吧?

多温情的搌布瓜。谁说不是?

表扬春光

蔡　畅

　　上午和朋友结伴去一个老先生家，六十多岁了，姓康，我们的老文友，家在三十华里的城外。路边杨树都冒须儿了，一嘟噜一嘟噜地垂挂着，毛洒洒的。柳丝也软软的，路边还居然看见一树杏花，全开了！

　　七弯八拐，终于到了。没想到村里的房子这么高，院子这么大，堆着去年秋天打下来的玉米，金灿灿的，要都是金豆子那就好了。还开着几畦菜地，扒得平平整整，估计菜籽正在土里伸懒腰呢。院子里还有两株树，一株是桃树，另一株还是桃树。

　　七八个人一拥而入，或坐或站，在阳台上说话，一点也不觉得闹。乡村的空气把声音都吸走了。饭桌就摆在当院，酒菜上桌，纯粹的乡野风味。拌木耳、炒蘑菇，正宗的马家卤鸡，绿芹拌葫芦……一边吃我一边搛一块鸡肉喂猫，那只猫咪皮毛花纹是黄的，正宗的黄花狸猫，跟我家的猫异曲同工，就是型号略小。心疼它个小牙弱，我还嚼了一嘴的缸炉烧饼喂它，它尝了一点儿，不美味，掉头走了。惯的你。

　　刚去的时候没发现猪圈，后来发现猪圈了，没发现还有一头猪。后来一个朋友如了趟厕,回来把嘴都笑歪了——那猪可不是一头,是一窝,而且小猪的毛色是黄的,"跟这只猫似的",他说。我纳闷:"跟它一样?黄花狸猪?"院子里一下炸了锅,个个捂着肚子笑得叫唉哟。他急眼了,说你们去看看呀!

我跑去看,果然,那毛色黄的!我扑哧一下又乐了。毛色最黄的一头小猪仔居然跳下干燥温暖的猪窝,跑到猪圈去体验生活,结果上不来了。它一个百米冲刺,上了两个台阶,鼻子使劲儿拱着给劲儿,还是往下出溜,急得吱哇乱叫。它娘本来被另几头小猪围在中间躺卧着,一听叫唤,"噌"一下就起来了,低头一看这孩子怎么下去了,也哼哼着叫。我说你下去,用你那大长嘴一拱,你儿子不就上来了?它听不懂。我看小猪急得可怜,跑去告诉康老先生,他抄起一把长柄网兜过去,轻轻一兜,就把小崽子兜上去了,然后冲我们解释:这是瘦型猪,可值钱呢。

老康这个人不简单,这么多年笔耕不辍,现在连操作电脑都会了,我们就是在网络上认识的。认识了才知道,他的二女儿是我十几年前的学生。一辈子当农民,却是一辈子有追求,我真是服了。什么样的人才是最值得尊敬的?像这样样式朴实、心地干净、守着阳光、果树、田地过一辈子,然后在心里开出花来的人,总比那些开奔驰、下饭店、穿名牌、被一肚皮酒色财气沤烂的家伙们更有趣些吧。

要走了,老康、康嫂、他们的大女儿和六岁的外孙女一起送到门外。感觉我们是从一个梦里走出来的。回头看,村里的远树上居然有一只只斑鸠在叫。斑鸠原来是这样的呀,长尾巴向上撅着,和身体形成角度,一只只落在枝子上,好像一个一个的对勾,表扬着春光。

生命，有时候是一场神奇的冒险

方爱华

在美国北部一片少雨、荒蛮、野性而原始的沙漠地带。沙尘暴肆虐而来，潜鸟像游弋在拉克鲁瓦湖水中的天使；河流冰封，一条小道向远方无限延伸，捕兽者的小木屋被皑皑白雪覆盖，灰狼在树林中发出尖厉的嗥叫。

在这样一个荒蛮之地，却有一个"野人"终日在此游荡。他就是被美国人称为"荒野作家"的西格德·F.奥尔森。

在他心里，荒野就是一个硕大无棚的活生生的博物馆。他在马尼图河上的孤舟中度过自己的生日，在带有荒野气息的景物中寻到了宁静之美。他赶在太阳偷走它的精华、风吹走它的芬芳之前闻五月花；为了呼吸香脂冷杉和云杉的气味，感受一下水花和沼泽地的湿气，他甚至在月光皎洁的夜晚驾一叶扁舟穿过星罗棋布的小岛；在周边由巨大雪松环绕的青苔池边，他年幼的儿子独自钓起了一条长十四英寸、身体滚圆干净、色彩艳丽的方尾鳟。他从专心垂钓的儿子身上，看到了自己童年的身影；而在万里雪飘的冬夜，躺在松香氤氲的小床上谛听来自荒原的天籁，让他感受到大自然的心跳和天地间的宁穆。

他说令他倾心的不是科学，而是自然的美学，多年来将他留在森林中的原因是对美的迷恋。而他最想做的事情，就是："用文字或色彩描述眼前的景色"。这些，他都做到了。无论忧郁野性的啼鸣，高耸挺拔的植物，还是珍奇的那潜鸟、绿头鸭、海狸等野生动物，都以最自由、最本真的方式让人心生艳羡。

然而要做到这些，却并不容易。出生于芝加哥的他，七岁时，跟随牧师的父亲迁移到美国威斯康星的多尔半岛，美好的童年时光促成他对自然及野外活动的终生爱好和迷恋。

成人后，他更加热爱荒野，喜欢上冒险。他与友人一起摇独木舟旅行，到美加交界的奎蒂科—苏必利尔荒原徒步、滑雪、垂钓、露营。北美那些群山林海及江河湖泊的雄姿和风采，以及这些荒野的经历深深震撼着他，而他在荒野小木屋中度过的每一段时光更令其悠然神往。自然之声与人在荒野的心声交汇，在他的心灵深处引起共鸣。仿佛又回到童年，让他想起那时候就曾拥有过的梦想，如今这愿望更加迫切，希望有朝一日能将《低吟的荒野》呈现在人们面前，并把这作为一生的追求。

为了满足书写自然的渴求，他谢绝了美国政府提供的安稳高薪的工作机会，把家安在了这片点缀着璀璨湖泊、裸露着古老岩石、覆盖着原始森林的荒原。经济上的窘迫，抉择的痛苦，多次受挫的失落都没能击垮他。他遇到烦闷需要排解的时候，就到荒野里去，然后，从周围捡来大小不一、各式各样的石头，把它们垒成石墙或者城堡。他喜欢这些散布在荒野里的石头，它们粗犷的手感和沉甸甸的分量以及地衣和青苔与石头浑然一体的样子，让他获得无限的灵感。他最终从古朴的荒野中寻到了一种抵御外界诱惑的定力，一种与天地万物融为一体的安宁。在辛苦笔耕二十多年后，1956年，他的第一部作品《低吟的荒野》终于问世了，那一年他已经57岁。此书一出，立即上了《纽约时报》畅销书榜，被誉为美国自然文学的经典之作。他也成为唯一获得四项美国最具影响力的民间自然资源保护奖的作家。

奥尔森终生迷恋着荒野，他人生的谢幕也是在野外宁静纯洁的雪地上。那是奥尔森最喜爱的地方，一条小溪的源头。一场大雪弥漫了整个荒野，一切都安静下来，连空气都变得像森林那样：清澈、端庄、肃穆，散发出绿的香。仿佛千里大草原的气息四处飘荡，与甜美的百合花和浓厚的天竺葵的香气融为一体。

83岁的奥尔森在打字机上留下的最后一句话："一个新的冒险即将来临，而我相信它将是一个好的冒险。"

是的，大自然有一种让人安宁的力量，只有那些充分感受大地之美的人，才能从中获得生命的力量。正是由于自然带给他无尽的灵感和智慧，奥尔森才得以驻守住心灵的安宁，让原本枯燥、平凡的生活，变得充满想象和绚丽多彩。

海上升明月，明月照花林

辛如欢

　　大概前天晚上，下了班，回家。可能吃过简单的晚饭：一碗黑米粥，一个或者两个小面包，也可能没有吃过。总之，餐桌边是干净的，我坐在那里，头顶上洒下来灯光。没有开电视，也没有放歌听。很安静。猫跳到我腿上，蜷伏着。我一支胳膊支着脑袋，另一支胳膊把手搭在桌沿上，猫就把脑袋稍抬起来一点点，搁在我悬垂下来的臂弯。我们两个都不说话。

　　好安静。

　　时间像水。

　　一寸一寸地淌过去。

　　就为这一刻，好像一年的促迫忙乱都有了价值。

　　前阵子出差去北京，两天行程安排得水泼不进，夜里十一点还在和同仁开会。那么大一个城，顾不上看看北海、颐和园、故宫。坐在回程的车上，沿路见一个地方栏杆逶迤，桥带如虹，冻树瘦枝虬曲，映着苍色的天空。那一刻心"倏"地飞出去，在树梢转了一圈。不看也似看了，一霎抵得数日。觉得来得值。

值，约略是这么一种意思：过去登高位，如今跌尘埃。年年世味厚，而今世味薄。可是小楼一夜听春雨，天明犹闻深巷卖杏花。这一刻抵得过数十载沉李浮瓜。

也约略是这么一种意思：天天受饥寒，日日被逼迫，风卷屋上三重茅，夜来风雨侵薄被，可是盼到天明，风晴日暖，黄四娘家花满蹊，千朵万朵压枝低。一路只管漫步走去，眼前又见留连戏蝶时时舞，自在黄莺恰恰啼。这一刻抵得过数十载命薄运蹇。

也约略是这么一种意思：奔跑着，跑累了，停下来，喘粗气，抬起头，鼻尖掠过一阵微风，似有所觉，似无所觉。可是身体的一个什么开关好像打开了，那一刻，觉得天也在，地也在，云也在，风也在，原来一切都在。这一刻抵得过千里万里，挥汗如雨。

看电影，不独看情节，更像读书的勾勾划划，给一个个精彩镜头做眉批：

前几天终于看了《2046》，王家卫导演的，情节跳得厉害，一个一个的人物登场，刘嘉玲好像扮演一个舞女，粗着喉咙，那样深痛到刻骨的哭泣；那种忧郁绝望的眼神，走投无路，心被烧得一点点焦燎、卷曲，疼得要死。

还有《全民目击》，孙红雷扮演一个处心积虑搭救犯罪的女儿的父亲。他事业有成，心思深细，一步步地援救都不成，最后他要把自己献祭出去，让法官以为犯罪的是自己。要上法庭了，镜头从下朝上，照见他的一只手一张，然后猛地一握，拔步走去。决心不在豪言壮语，不在起步又踯躅。

一张又一合的手，说明了一切。

又看了马龙·白兰度主演的老片子《教父》。一个说话含混不清、看上去完全温和无害的老头子。他被谋杀，受重伤卧床，小儿子替他报仇之后避祸远走，大儿子被仇杀。他立即从病床上爬起来，召开全黑帮老大的会议，声明不追究所有的事，只有一个条件，让小儿子平安归来——他拥抱了指使杀他大儿子的人。然后，他站起来，一瞬间杀气爆棚，阴狠气质暴露无疑。他说：我是一个小心眼的人，如果我的小儿子不能平安归来，哪怕是得了病，或者是死于意外，我都会把罪过归于在座的所有人。就冲这一个镜头，这一个面部表情，他是当之无愧的影帝大人。

还是老片子，梅尔·吉布森主演的《轰天炮》第一部。他饰演的警察一边喝酒一边把玩手枪，然后把手枪顶在额头上，想了想又顶在喉咙里。镜头移到他的脸，他的眼睛。就是他的眼睛，我看着看着，就哭了。那么深、那么深的绝望。他的妻子死了十年，他无法自拔，一直怀念。

看了这些，觉得看似浪费的时间不曾浪费。

你说，人活着有什么意思？钱太多，钱就变得没有价值；位太显，位就显得没有价值；日子太多，日子就变得没有价值；工作太忙碌，工作就变得没有价值。不是，不是。这些不是真的没有价值，只是显得没有价值。到手的东西，永远不如未到手和无法到手的东西。比如时间，比如清风明月，比如卖花声，比如这一刻、那一刻看到的东西，却又转瞬消逝。比如忙乱一年，恰得宁静，猫却只肯偎我片刻，又起身跳开。我却愿为这片刻宁静，再起身忙乱一年。

因为我得了圆满。

而所谓的圆满，也许就是从心里把自己倒了出去，不再去忧虑、去想念，去忧愤，去向往，去恐惧，去希望。"我"不在了，附丽于"我"身上的这些东西，都不再构成扰乱和威胁。于是，无牵无挂，自由自在，一心如月。海上升明月，明月照花林。

在心中修篱种菊

那时青荷

晚秋，安静的午后。阳光暖暖地照着，窗外除了高楼林立，还剩一方不太宽阔的晴空。室内除了安静的音乐，还有难得的浮生半日闲。

泡杯茶，看茶叶浮浮沉沉，任时光静静流淌。空气里，有种淡绿色的清香，有种安静贴心的好。不经意间，我看见附近邻居的院子里和阳台上，菊花丛丛簇簇开着，丝丝清瘦的细蕊里，透着一种霜意。我的阳台上，有茉莉、绿萝、含羞草，有梅，有兰……却不曾有过菊花。这些年，我离菊花很遥远。记忆里的菊花，是开在老家房前屋后的，是秋后漫山遍野的金黄，是走到哪里，哪里就有一片的疏朗。或者，它应开得更远，直开到诗人的东篱下，开在悠然的南山。

曾经，我的内心深处对未来的憧憬，就是能有一处"采菊东篱下，悠然见南山"的居所，有青梅竹马的恋人，从儿时两小无猜，到后来的两情相悦，一切都是春风十里，自然而然。就这样一生一世温柔相爱，就这样生儿育女，慢慢变老。只是憧憬如斯，流年如斯，多少尘事都已经发生或忘却，我和我的梦，也已经两两失散于人海。只是多少年过去，为何心里还有莫名的惆怅与哀伤，难道，人生真有"初心不忘"之说吗？

西风独自凉,落叶满庭阶。乌桕树红了,银杏叶黄了。一个月以来的这些天,我喜欢在午后上班前,或周末没事的时候,去林中看落叶。阳光暖暖地照着,一棵棵树迎风而立,有一种安静、淡然的美。树叶却随风凋落,头几天还是一片片,后来便是一阵阵,重重叠叠,铺满一地。我想我是爱上这些秋天的树了,我喜欢和它们在一起,这个时候我的内心总是无比温暖、安静。如果时间允许的话,我喜欢就那样静静地待在树下,靠在长木椅上,晒晒太阳,看头顶的蓝天。或者拾几片经霜的红叶,放在包里,悄悄带在身边,让它和我一起回家。

秋天是一个让人安静,也让人沉默的季节。有时候,感觉心中有许多话想说,却又无从说起。那些话语,厚厚地铺满心底,也如落叶一层又一层。我想我是爱上这一层层落叶了,爱叶之初生,爱叶之苍翠,更爱叶之秋黄。一片片叶子,簌簌而下,深藏着光阴的深意,深藏一个个独属于自己的故事,来于时光,又归于时光。

阳光暖暖地照着,适合读里尔克《秋日》:"让枝头最后的果实饱满,再给两天南方的好天气,催它们成熟,把最后的甘甜压进浓酒。谁此时没有房子,就不必建造。谁此时孤独,就永远孤独。就醒来,读书,写长长的信。在林荫路上不停地徘徊,落叶纷飞。"

秋色无远近,出门尽寒山。我窗外的秋天,就这样渐渐落幕了。

一转身,恍惚即是冬天。立冬过后,小雪大雪。一年的桃红柳绿，终是要归于雨雪霏霏。冬是冬藏，是内敛，是抱朴守拙，一场雪纷纷扬扬，铺天盖地，日子被还原成一张白纸，有一种万籁俱寂的辽阔干净。当轻盈的雪花飘落下来，那情境，总是格外美好。我很珍惜这样的雪花，有一如既往的洁白。正所谓：冷处偏佳，别有根芽，不是人间富贵花。

想必，冬天也是别有心思的。它用下雪的方式，提醒我这一年又悄悄过去了，什么都没有了，有的，只是这样一张白纸。冬天的本意，就是告诉我们，这一年里，不管你有过多少艰难困苦，多少浮华荣耀，得也好，失也好，都要在冬天这一场雪地里，通通放下。欢喜的，悲哀的，纠结的，沉重的，都一起放下。总结，归零，让心灵回到一种轻松和洁净的状态，还原成一张素白柔软的纸，留待来年，春暖花开。

我渐渐懂得，一切的单纯与美好，都源自内心的平静。林徽因有句话说得好：真正的平静，不是避开车马喧嚣，而是在心中修篱种菊。

是的。回到自己的平静，回到自己的南山，在心中修篱种菊。一个人，需要有一座独属于自己的庭院吧。坐在自己的深深庭院前，看花开花谢，任云卷云舒，那应是人生极好的境界了。是一种丰富的安静，是万水千山都坦然在心中，也都能轻轻放下的淡定。

只在风起的时候，写信，抑或雪落的季节，写诗。信，寄或不寄，已不再重要，心里有一种懂得就好。至于那或长或短的诗，则留给自己吧，足可温暖整个冬天，足可邀雪，踏雪与寻梅。

少年读

许冬林

　　回眸处，是一段葱茏葱茏的时光，潭水一样宁静，又青草一样蓬勃。那是一段悠长的少年时光，沉湎于阅读的时光。

　　唐诗，宋词。《红楼梦》，《简爱》。席慕容，三毛。是那些美妙的书香将我的少年岁月浸染，浸染得有了与众不同的意味。每每回忆，内心充满感激。感激岁月年华，感激文字。

　　犹记当年读宋词。读李清照，"花自飘零水自流，一种相思，两处闲愁。此情无计可消除，才下眉头，却上心头。"读得眼前水雾迷蒙，心儿无着无落的，一时间也惆怅不已。那一个少年的人呀，也化作了一片薄薄的素白的落花，在晚风里，在流水上，到了远方。后来又读苏轼，读到"大江东去，浪淘尽、千古风流人物"。再去看外婆家门前的浑浊江水，全然又是另一种景致。长江多老啊，那么多樯橹灰飞烟灭的往事，都在江水之上演绎。从此，我看到的长江，不再只是空间上的长江，更是承载着厚重历史的长江，是飘散着酒香墨香的长江。它苍茫，雄浑，深邃，风雅。

　　大雪天，读《红楼梦》，真的是拥炉夜读啊。记得老师曾偶然说过，中国人不读红楼梦，都算不得中国人。寒假一开始，就借了《红楼梦》回来。晚上，母亲早给准备了个手炉，是那种红陶的手炉，里面盛了碎碎的炭。手搭在手炉的拎手上，书也搁在上面，一页页地翻阅，连书也添了木炭火的香。就着那一炉温暖，一个寒假，读一本传说中的《红楼梦》。读到黛玉焚稿，然后病死，一时悲痛不已，手炉也不要了，只歪在枕边无声大哭，泪湿枕巾。窗外寒风萧萧，是深夜，只觉得满世界苍凉空旷孤独。再读不下去了。一部《红楼梦》，写到黛玉之死，就可以收尾了，再不必写了。那时这样以为。换夜再继续读，又读到宝玉出家，茫茫的大雪，雪影里一个人，在船头躬身拜别父亲。这一回，倒没落泪，可是心上却是闷闷沉痛好久。是岁末，窗外也是大雪，月光下，一白到天际。回头体味文字里弥漫的那种辽阔无涯的哀伤，和空寂，仿佛没懂，又似乎懂得了。

  后来，又抄席慕容的诗歌在小本子上，一首又一首。书依然是借来的,《七里香》《无怨的青春》，好几大本诗集，抄得满心欢喜又沉醉，哪里嫌累！然后，自己的枕头底下便多了个湖蓝封面的本子，那里面有我写的诗歌，席慕容体的诗歌。偶尔借给体己的女同学看，她也给我看她写的诗。我们像两只幸福的老鼠，偷偷分享各自的文学青果。在被窝里，打手电筒读三毛。撒哈拉沙漠在哪里呀？荷西是个大胡子的男人，真的很有魅力吗？长大后，我们一道也去远走天涯吧！那时，我们两只文学的小老鼠已在密谋大计。内心有小甜蜜，嘴巴上不好意思说，其实心里都想到那远走天涯的队伍里，一定会添加新成员，他是我们各自的荷西。他会不会也是大胡子呢？再想想，再瞧瞧……

如今，回头想这些读书的琐碎细节，深感文字的魅力有时是，一个人在一本书里活了几辈子，大悲大恸大欢喜，小忧小愁小甜蜜。就这样长大了，内心丰富了。合上书页的那刻，沧海桑田；窗外阳光刺进来，啊，世上已千年。

是啊，世上已千年。每每看到现在的孩子有那么丰富的课外读物，我总禁不住心底苍老的一叹。当我在一所中学自编的校本教材《文海撷英》里，又看到了那些喜欢的文字时，忽然有一种血液倒流的激动，仿佛回到青涩年少。"唐诗四季"，"魏晋风度"，豪放派词，婉约派词，《红楼梦》，《简爱》……看到这些自己曾经喜欢、一直喜欢的文字，仿佛在单调无聊的长路行走中，看到一处深谷碧潭，看到一丛篱下白菊，看到春水涣涣处云生，看到青草离离处鸟飞。

亲亲我的桃

许冬林

初夏的时令，各色的水果仙子还没有鱼贯而入，齐整地列于水果摊前，桃暂且唱了回主角。

其实，樱桃也是这个时候上市的。小小的，晶莹剔透，宛如着红装的小家碧玉，没有殷实的家底，故而嫁得早些，从浓密的枝上走下来，开始堂前庭外地待客理家。但这种水果只在山区丘陵里见得多，山泉里濯洗，绿箅箩里摊开来，盈盈的水光晃动。倘能一夕瞥见，回家隔了一夜，心底里还惦记着。只是在我生活的这块江北平原，难得见的。

街头巷尾也能见到荔枝，谣传说是福尔马林溶液泡过，远远地从火热的南方过来的。于是翘着兰花指，嗫着双唇象征性地尝两颗，不敢贪多。像对异族的人，伸长脖子拿脸颊和人家的耳朵碰一回，做友好状，其实心底里总要习惯地设上几道防。

去年的苹果在水果摊或装潢考究的水果店里都能见到，但是，再不肯买了。费了半天的劲削皮，一口下去，是酥松、又粉又面的那种感觉，可以当饼干了。那口感，是一位老太太在儿孙前兜露了千百回的往事，已经嚼不出零星半点的新鲜劲。于是故事听不到一半，各自撒欢去了——垃圾桶里总有吃不掉的大半个好端端的苹果。

这样一琢磨，就挑桃了。

桃和樱桃一样，都属于平民家的水果，没听说有吃不起桃的穷人。住在平原上的人家，宅前屋后多半有一棵或几棵桃树。春天里路过，远远看见一大团燃烧着的粉红的火，近了，人从花下过，百转千回，还是掐了一枝走。主人家走出来，脆生生甜蜜蜜地叮咛一句：夏天来吃桃啊！于是当真惦记着，当真在梦里千百次回眸。夏天也当真来了，自己伸手摘，拿到水边搓一搓软软的桃毛，再坐到树底下吃，偶尔和主人家话话桑麻之事。桃让你和一些最平凡朴素的人走近，亲着。

也有玲珑的小媳妇，或者面善喜笑的阿婆，扁担上歪斜地勾着两只竹篮，里面是新摘的桃，肥嘟嘟，像刚被关进教室的一群小学生，憋着一肚子的叽叽喳喳，里里外外都是新下枝的鲜嫩。这样的桃，只管放心地买——自家的桃挑出来，无非是阿婆为着农闲牌桌上的手头活络，小媳妇大约惦记着街角某个铺子上的一块花布料。芸芸小民掐指过日子，在属于平民阶层的桃上可见。

乡间的桃，离人近，抬眼可看，伸手可摘。乡间的桃，握在手里就想起春风，想起那一枝桃花绽放在哪一场春雨里，想起哪一大花瓣零落，哪一天果实成形。你是这样熟悉它生长中经历过的一花一叶、一枝一节，像一对青梅竹马深谙对方的岁月在自己的心底覆了多少层；像胳膊上枕了三十年的那个人，没什么心下轰然的初见，没多少触目时的新奇，可是里里外外都是亲。与它相对，心安、实在。不像面对超市商场的保鲜柜里的名贵水果，看它摆在精巧的小盘里，蒙上保鲜膜，贴上标注着品名、产地、重量、价格的标签，在几百瓦的节能灯照耀下泛着诱人的光。柜台前流连，像迎接远道的贵宾，场面奢华，心里战战兢兢。这样的水果，至多偶尔买买，满足好奇，或是给家里的水果盘子装一回门面。能爱得久的，放心去爱的，还是手边竹篮里的桃。体己、随心、坦然，没有拼命攀一个阶层所遭受的疏离之苦。

初夏小镇上买桃，没有陈货，新鲜就放心好了。围着圆圆的大竹筐蹲下来，一个个青的红的半青半红的桃像小脑袋在手心底下翻跟头，浓眉样的绿叶子还嵌在里面助阵。咬一口，山歌似的脆，泉水似的纯。乡人卖桃都是当天下的桃当天卖光，完了再回去摘。来来去去的路上没有冷库，没有精明饶舌的水果批发商。那桃的身世清清白白，干干净净，没有隐瞒的婚史前科，没有一身抖不清的旧账。它是平民家的子弟，没有显赫的家世背景，没有占据几张纸的豪门陈规。它不招人，不惹眼，不像陈年的苹果，能面不改色地熬过一冬，依然没落贵族似的鲜红着。它就那样真真实实地新鲜着，脆嫩着。

桃似你身边平凡的亲人，是你命里来得早或走得迟的人，他没有财力，没有头衔，可是几十年你蹭着他的胡碴，听着他的呼噜，与他安静相守在锅碗瓢盆里。

桃更似你不示显赫、不事张扬的平民生活姿态，不仰视权势，不附和权威。屏弃了台上浮华的光与影，藏身于万人如海的寂寞谦卑里，懂得去礼赞阳光、空气、水，还有泥土……

前世慈姑花

许冬林

我相信，人是有着前世的。而我的前世，一定是一棵植物，开着淡紫或者青蓝的花儿。

我总是有意无意地寻找着这样的一棵植物，试图通过一朵花，目光踩着一片薄薄的花瓣，踏上回家的曲径。

蝴蝶兰、紫薇花……直到遇见慈姑花，心下轰然，泪水涌出。

微雨的仲秋，坐在疾驰的车上，去看望年近八十的我的外婆。忽然在一处河滩边就看见了那样的一丛植物，浅水像含着烟愁的眸，水上面有浓厚的树荫，一丛绿色的慈姑立在水中央，翡翠岛一般，中间的几根绿茎顶上，擎着玲珑的淡蓝淡蓝的小花。我一直以为，蓝或紫，都是一种极其忧伤而深情的色彩。这秋水上的匆匆一瞥，于那几簇淡蓝淡紫的花上，我仿佛忽然看见了那一个忧伤而多情的自己，一直隐在时间的裂缝里。

它有剪刀样的叶，它心思细细地在水边，裁剪阳光，裁剪风雨，裁剪年华，裁剪日子。那些淡蓝的淡白的小花，像浅的碟，三枝、两枝，从秆底一截一截摆到秆顶，是怎样一场不舍得散去的筵席啊！白的花，绿的叶，尘世有它一场清白干净又牵扯不歇的浓情！

后来，又走了一些地方，看见了更多的慈姑花。有的在乡间荒芜的田角，形影单薄；有的夹在茂密的蒲草丛里，艰难地获取阳光和斜风细雨；更有的，尴尬地挤在满池的莲花莲叶里，兀自为红莲的明艳华美做底子。有多少荒僻的角落，就有多少慈姑花；有多少慈姑花，就有多少平凡和孤独者的影子。慈姑的花是碎小的，小到常常忽视在眼角，像睡衣上的纽扣，不绮丽，不招眼。浓艳不是它，娇媚不是它，甚至梅菊的烈性也不是它。它所有的，只是这清白的一小朵儿一小朵儿的花，以及杏黄的蕊。它的花盛开的阵势，不是辞藻堆砌的宏篇，是流水日记，细细碎碎，在幽静处低回吟唱。

它身份低微，难入雅室。在乡土中国，很少有人将它养在青花瓷盆里，日日清水细灌，做观赏植物侍弄。即便偶有几个士大夫类的秀着闲趣的人，在砌了瓷砖的大大小小的池子里养，那茎叶间常缠着的也是藤藤蔓蔓的菱菜，和有着极细极细腰身的水草。无非，是要把一点乡野之趣秀出七八分的怡人来。在中国、日本等一些亚洲国家，它的身份，归根结底是农民。在欧洲，有人养它，蓝的白的花和剪刀样的叶，以及它挺拔疏朗的姿态，都是可赏可流连的。在我们，是拿它淤泥里的球茎——形似芋头一样的东西，用于蔬菜。《本草纲目》里说它"达肾气、健脾胃、止泻痢、化痰、润皮毛"。中医认为它性味甘平，可用于生津润肺、补中益气，治疗劳伤、咳喘等疾。除了做寻常蔬菜，在民间，它还会做这样一味药的,俯身在瓦罐里。是啊,在中国,它不是金屋藏娇,不是红袖添香,富贵和风雅都离它遥远。它的价值是,在幽暗阴冷的淤泥里不声不响地生长,待冬后捧一盆晶莹似雪润白如玉的果实,慰人间冷暖。

素淡,寂寞,直抵人间烟火。我想,这就是慈姑。

其实,慈姑还有着另一个动听的名字:茨菰。但是,我喜的是此慈姑而非彼茨菰,只因为,它名字里的那个"慈"。能慰人间冷暖的,想必一定有着一颗慈悲的心。植物里,它一定是一个忍着寂寞忧伤、行走在民间、关怀众生疾苦的慈悲的女子。

我呢?我想,我的前世一定是这样的一棵慈姑,来世还是。这辈子,我是一个慈姑一样清淡的女子,是前世的慈姑花开在这辈子庸常琐碎的光阴里。于万人如海中独守一份寂寞,在岁月的茎上盛开一个平凡女子的小小的悲欢,不惊艳,不扰人。我只愿,我的文字,它是从深深浅浅的地底下捧出的果实,盛着爱和慈悲,慰尘世间薄凉悲苦的心。

留得枯荷听雨声

凉月满天

清晨出门，匝地繁霜。脑子里飞过一句话：秋阴不散霜飞晚。那么，下一句就当是"留得枯荷听雨声"了。

贾府老太太一行人坐船去吃酒，宝玉说，这些破荷叶可恨，怎么还不叫人来拔去。黛玉说，我不爱李义山的诗，就喜欢他的这一句留得残荷听雨声。偏你们又不留着残荷了。宝玉说，果然是好诗，咱们别拔了。

听了这话的荷，是什么心情？

什么时候，自己已经成了枯荷。

成了枯荷的女子，虽然不会把白粉填满脸上的褶子，妄想留住逝去的青春，但在潇潇冷雨的时候，大概会低下头来，默想起许多的前情。

当初的时候，荷大如钱，绿绿圆圆，刚刚钻出水面，冲这旖旎春光睁开好奇的双眼。

日长日大，日高日妍，一直长到了水面清圆。手掌里托着水珠，风把它滚过来滚过去，像一滴圆溜溜的水银。荷举起了花，花努出了尖尖的小红嘴，嘴巴上落上了一只乖俏的蜻蜓。

花香叶绿，引来渔船，船上坐着脸儿红眼儿媚的姑娘，腕上戴着叮叮响的银镯。采莲南塘秋，莲花过人头。低头弄莲子，莲子青如水。不是莲子青如水，是姑娘的情怀像水一样的温柔。望着天边，姑娘在想着那个冤家，不知道荷花偷偷地看她。

花越开越多，多到了接天莲叶无穷碧，映日荷花别样红。这别样红的景致里，不知道发生了多少婉约的故事。姑娘们荡着舟来了，公子王孙也荡着舟来了。爱情每天都在湖面上发生，然后又顺理成章或者不顺理成章地在湖面上结束。荷看这些，已经看得太多。

有一枝荷，并没有长在热闹繁华的江南，而是长在了红楼一梦的大观园。

芙蓉被宝玉用来比晴雯了，黛玉干脆前生就是一枝绛珠草，宝钗住的蘅芜院到处是奇草仙藤，累累垂垂挂满了果实，像她的人一样。探春呢，该是一个大大的佛手香橼了吧，要不然就是一囊水晶球儿的白菊。没有谁会注意木头一样的二姑娘迎春。这个庶出的姑娘心性软弱，听人摆布，让嫁哪个就嫁了哪个。搬离大观园的时候，宝玉也没赶上送行，只看到湖里荷花摇摇摆摆，也似在追忆故人，"池塘一夜秋风冷，吹散芰荷红玉影。蓼花菱叶不胜愁，重露繁霜压纤梗"。这个迎春姑娘，就是那枝孤弱的荷花，最终被重露繁霜断送了一根草样的性命。

还有那个薄命英莲，那可是曹先生特意派定的一朵香菱。一生苦楚，被拐被卖，入了污泥就不得出来，只过过几天的舒心日子，可以跟众姐妹斗草比输赢，可以跟着宝姑娘和黛玉学诗文，然后，一切快乐都成了空。这朵荷花，还不等开败，就半途里折翅断梗，一梦归空。

一枝荷花从小叶如钱长到繁盛娇艳，再长到白露为霜，看过了这样多的离合悲欢。当它想起这些的时候，或许会觉得前事如酒，引人醺然而醉。醉够抬头，才发现时移序易，亲朋故旧都已散去。当初的十里荷花映日红，只剩了现在的独留残荷听雨声。秋天的冷雨淅淅沥沥，这朵枯败的残荷，当是什么样的心情。

看透了繁华成空，明白了恩怨不过是一场春梦，这枝残荷，该会也在无边的旧梦里醒来。要不然，为什么佛座要用莲台？

佛坐莲台，大约也是取的它中通外直，不蔓不枝，出淤泥而不染之意。本来，这种植物，柔软、清洁、芬芳、自爱，既不是红尘浊世里仰天大笑或者郁愤而哭乃至饮酒求醉的隐士，更不是峨冠大带，前簇后拥的食腐而生的贵人。它就是一缕温柔脉脉的香气，开放在世尘之外，随时准备接引迷人。佛的本义岂非正在于此？本来佛也并不是要以天堂和地狱来劝诱和吓唬人归顺，更大程度上倒是在启发人捡拾和擦拭自己的本心，让本心如莲，在暗夜里也静静地绽开。

一世里忧心忡忡，爱恨迷城，经历了百折千磨，蒙蔽了赤子本心。假如一转头间，看到这静静开放的莲花，还能够心里一动，低下头来微微叹一口气，那么，这颗心，总算还值得拯救。

弘一大师涅槃了，属于他生命的那朵莲花却仍旧常开不败。虽然说人生难得是欢聚，唯有别离多，可是，悲也悲过，欣也欣过，一世里悲欣交集，虽然没有做到心如枯木，却做到了盛开如莲，也当算没有辜负了这圆月花朝。

荷枯了，梦没有醒，花谢了，香气还在。佛看着一世又一世的众生，端坐在高高的莲台，微笑无言。

榆钱饭

凉月满天

捋榆钱。

忍了一冬，候的就是这一口儿。

树挂着一身的霜凌冰挂，鲜绿鲜绿，映着春阳，着实好看。攀下一枝来，一攒一簇的绿花儿，一捋一把，又一捋又一把。

扔进菜篮，端回家洗净。想想，剖出一小半另放起来，余下的多一半，抓两把金黄黄的玉米面儿，抓一把白面，蒙到榆钱上，浇多半勺的细盐，拌匀后的颜色鲜绿金黄；锅里的水已经烧开，拌好的榆钱儿放进锅篦，盖上盖。不过几分钟，热气升腾，揭开锅盖，绿意盈人。盛进缠枝花纹的瓷盘，看起来是一盘体体面面的蒸"苦累"了。

我们老家叫"苦累"，还有的地方叫"拿糕"或是"拉糕"，问当地人，也不明其意，私下里想着，也许是玉米面蒸的，吃起来拉嗓子，所以叫"拉糕"。谁知道呢。

但是还没完。剥一头鲜蒜，搁蒜钵里捣烂，盛进小碗；再滴两点香油，倒半碗陈醋。一筷子"苦累"，蘸一点醋蒜，嫌麻烦，干脆直接把味汁倒进盘，拌匀。吃一口，咳！鲜得呛人。

没有炸榆钱丸子。去年炸过了：榆钱洗净，抓两把白面，小半勺细盐，拌匀，颜色玉白鲜绿，像一首干干净净的小诗。锅里油烧七八成热，手揪出一团榆钱面，团成大概齐模样的一个球儿——球儿要大些；下到锅里，咕嘟嘟一阵油花泛起，榆钱丸子浮上来，稍炸即熟，因孔隙大，上热容易；若是球儿小，容易炸焦。吃起来油汪汪，甜丝丝。

锅里还有昨天晚上蒸的一碗米饭，余的那小半筐榆钱，是要炒榆钱饭的。坐锅，放底油，花椒大料、葱姜蒜炝锅，倒入榆钱翻炒。愈是着热油，它的颜色愈鲜亮。磕两个鸡蛋，少半勺细盐——摸准了榆钱的脾气，这东西不吃盐，稍放一点就有味儿；拌匀，放入米饭翻炒，结块的米饭用饭勺的球面砰砰地拍散，米粒、榆钱儿、鸡蛋星儿混做一堆儿。满满一盘，尝一口，鲜的很，舌头都要往下咽。我的家人钟爱一个"鲜"字，喜吃青菜，因为它鲜；喜喝鲜汤。这次这一大盘饭，我只尝几口，他一人包圆。

小时候就学刘绍棠的《榆钱饭》，光看一个"吃"字："杨芽儿摘嫩了，浸到开水锅里烫一烫会化成一锅黄汤绿水，吃不到嘴里；摘老了，又苦又涩，难以下咽。只有不老不嫩的才能吃，摘下来清水洗净，开水锅里烫个翻身儿，笊篱捞上来挤干了水，拌上虾皮和生酱做馅，用玉米面羼合榆皮面擀薄皮儿，包大馅儿团子吃。可这也省不了多少粮食。柳叶不能做馅儿，采下来也是洗净开水捞，拌上生酱小葱当菜吃，却又更费饽饽。""九成榆钱儿搅合一成玉米面，上屉锅里蒸，水一开花就算熟,只填一灶柴火就够火候儿。然后,盛进碗里,把切碎的碧绿白嫩的青葱,泡上隔年的老腌汤,拌在榆钱饭里;吃着很顺口,也能哄饱肚皮。"

小时候其实真没有吃过榆钱饭,当然也没吃过杨芽柳叶儿:老家里到了春天,菠菜也长出来了,青葱蒜苗也有,小菜儿就不缺;至于粮食,白面不管够,玉米面却也能管饱了,没必要吃这些。倒是家里修房盖屋,架起饸饹床子轧榆皮面饸饹,吃过几次——榆皮磨面,和成面团,从圆孔里轧出来,黑黑圆圆,煮出锅,浇羊肉汤,香得很,美得很。

什么时候才想起来吃榆钱?

完全是一整个冬天无花、无果、无叶、无香,从骨头缝里往外散的憋闷。"清明时节雨纷纷,路上行人欲断魂。借问酒家何处有,牧童遥指杏花村。"清明是祭祀的时节,断魂有理。为什么还要借问买酒?难道真是一味的要借酒浇愁?远远的,杏花开处,春光正盛,柳丝掩映,茅舍矮檐。纵是农家土酒,那也要喝来纵一纵情。此时的酒不是浇愁的药,是纵一身春情的引。

春天来了。春天终于来了。花儿处处都开了,叶儿东一片西一片往外钻。人心也开了花,长了叶,痒痒的,想开更多的花,长更多的叶,生发更多的好精神。

于是我们看花、喝酒、踏青,踏青回来吃榆钱饭,榆钱饭老了吃槐花饭,还可以吃苜蓿饭、扫帚苗饭,包荠菜饺子——女友晒她挖的荠菜,夸口说要包荠菜饺子,我馋的,恨不能一步跨到她身边。我不认荠菜,小时候亦未吃过,但是那个《挖荠菜》的课文一直记着:"经过一个没有什么吃食可以寻觅、因而显得更加饥饿的冬天,大地春回、万物复苏的日子重新来临了!田野里长满了各种野菜:雪蒿、马齿苋、灰灰菜、野葱……最好吃的是荠菜。把它下在玉米糊糊里,再放上点盐花,真是无上的美味啊!"

嗯。都是无上的美味。都是春的豪宴。

眼前不只有苟且，
还有浓浓的诗意

崔修建

很多人喜欢去更远的地方旅游，是因为内心里对旅游有了种种美好的憧憬，又可以逃离眼前熟悉的生活，到一个陌生的地方，纵然遇见的也只是寻常的景物人事，却仍会产生一种艳遇般的新鲜感。不是吗？一路走去，你会惊呼他乡的天高云淡，会慨叹他乡的山清水秀，甚至你呼吸到他乡的空气，似乎都多了丝丝的清新与甘甜。

其实，你只是一时心倦了，一时眼怠了，疏于欣赏故乡的蓝天白云了，你没注意到故乡那座无名小山上清泉潺潺，那些无名的小花小草长得也十分秀气，还有那些清脆的鸟鸣，也被你内心的嘈杂屏蔽掉了。至于你一路逛去，细心挑选的那些纪念品，大多在你离家不远的早市或街上某个商店，就能轻易买到，或许价格还更便宜呢。只是平时你根本看不上眼，而在风景区附近遇见了，就有了他乡遇知音的兴奋，你千里迢迢带回来，不管是买给自己还是特意买给朋友，只因沾了远方的光，蹭了旅游的热度，即便只是寻常的物件，也陡然添了些许的神秘，染了一层珍贵的色彩。

旅游的美妙，有时不过是缘于你走进了一个又一个新天地,缘于你动身之前便蓄积了很多美好的期待,你的足迹所到之处,目光所及之处,因为先前已经铺垫了不少美好的联想和想象,自然会在走近时多些诗情画意。譬如,某景区里几株开花的老树,某位诗人曾生动地描述过,你一眼望去,似乎它们真的具有一份别样的美丽;一片辽阔的草原,或者一条望不到边际的海岸线,在影视中已无数次见过,走到跟前,你仍会不由得思绪悠悠,油然而生一股英雄情怀;甚至一栋仿古的建筑,在你眼里也似乎有了沧桑的味道,与沾了传说的人造景观合影,你内心里也会滋生一种穿越时空的奇妙感觉。

我们很多人常常忽略了这样的事实——许多诗意漫溢的东西,不单单存于远方,它们往往就藏在我们每个人极为普普通通的生活里面,就在触手可及的眼前,俯拾皆是。

倘若你能静下心来,将关注的目光投向身边熟悉的一花一草、一石一鸟、一人一事,细细地观察,细细地品味,从簇拥在身旁的那些"小确幸"当中,你也能够欣然捕捉到许多滋润心田的诗意:小区里那几株丁香树,一到夏日就会散出浓浓的花香,而那棵老榆树的皮脱落了那么多,依然活得很有"精气神",还有那些愿意同我们亲近的麻雀,就像多年不离不弃的老朋友,彼此不用多少言语,生命里的悲喜都深深懂得……

前年,自己网购了一大堆书,都摆放到了书架上,有的只是草草地翻过,有的甚至放了大半年,竟连上面的塑封都没拆掉,总感觉以后还有大把的阅读时间,书上蒙了尘也不

/225

曾在意，全然不像自己在候机大厅翻看一本杂志那样投入，似乎那是一本重要的读物，必须一口气读完，否则，就再也没有机会读了。

　　去远方寻找诗意的行者，亦往往如此。他们对眼前的景物已熟视无睹了，对一地鸡毛的琐碎生活有点儿麻木了，已被柴米油盐浸泡的凡俗日子消磨掉了热忱。殊不知，就在滚滚红尘的喧嚣与嘈杂之中，也充溢着浓郁的诗情画意——临街摆水果摊的红衣少女，喜欢忙里偷闲地翻阅一本《诗刊》；松花江畔那位癌症患者正拎着一支拖布般的大笔，十分专注地练习水书；坐在马路牙子上的清洁工，摘小口罩，幸福地欣赏着自己扫得干干净净的街道；每天都手挽着手，在菜市场里挑选新鲜蔬菜的那对白发老人，也是一道动人的爱情风景啊……还有墙角那株也葱茏了一春一夏的小草，还有晒出了一股特别好闻的阳光味道的被子，还有小区那个长得很喜庆的胖保安，还有那位年轻妈妈对考试成绩不佳的儿子走了火的呵斥，还有生意惨淡准备转兑的老照相馆，还有即将开通的3号地铁线……林林总总，数不胜数，扑面而来的日常生活，弥漫着泥土一样朴素的气息，也弥漫着令人浮想联翩的诗情。

　　我邀请一位著名诗人给中文系年轻学子们做一次诗歌创作讲座。到了自由提问环节，一个眼睛里满是困惑的女孩请教诗人——不行万里路，怎么会有源源不断的诗意发现？

　　诗人一语平淡道："只要始终拥有一颗诗心，完全可以足不出户地跋涉千万里，完全可以从一方狭狭的天地间看到无限广袤的大千世界。"

没错，许多美丽的风景就在眼前，只要诗心未泯。

毋庸置疑，我们跋涉的双足所能抵达的远方，远远不及我们爱意充盈的心灵所抵达的远方。与其暂时地逃离眼前的生活，热情满怀地去他乡寻觅所谓的诗意和远方，不如好好地热爱身边凡俗的生活，用一双爱的眼睛，欣赏身边的风景，从周遭那些不加雕琢的真、善、美当中，惊喜地发现拨动心弦的诗意。如是，美景随处可以遇见，诗情随时能够降临。只要你愿意，美丽的诗句自然会在心头汩汩流淌……

总有一些美好深深记得

崔修建

往事并不如烟，一些珍藏在心底的美好，总会在某一时刻不邀而至。

东北的乡村人家的火炕十分常见，无论是土坯搭建的，还是砖石砌成的，都会镶一条木质的炕沿，或宽或窄，平平展展，厚重而大方。

我印象最深的那条炕沿是柞木的，颜色很深，质地硬实，纹络明晰。初装上时，还散着淡淡的橡子的味道。

早些年，乡村人家日子过得清贫，几乎没有购置沙发的，坐具多为简易的板凳和椅子。于是，那条平整无奇的炕沿，便成了最寻常的坐具。随便走进一家农户，主人都会热情地招呼你："快请炕上坐。"其实，招呼"炕上坐"，并非要脱鞋上炕，而是同主人一道并肩坐到炕沿上。

炕沿似乎有着神奇的魔力。纵然彼此不大熟悉，一坐上去，彼此的心灵就会一下子被拉近。很自然地，立刻就会敞开心扉。长聊或短说，炕沿都是很好的见证者，也是很好的倾听者。

炕沿是我读小学时的课桌。那时，能买一张专门用来学习的书桌，简直就是奢望了。偶尔，饭桌可以客串一下书桌，但无论盘腿坐在炕上，还是坐在炕沿上，伏在饭桌上写作业，都是一件挺辛苦的事，要不了多长时间，就会腰酸腿麻。于是，我跟许多农家孩子一样，喜欢以炕沿为桌，经常放学一回到家里，我就会搬过一只板凳，伏在炕沿上，飞快地将作业写完。

少年时，最幸福的时光，恐怕就是坐在炕沿上看电视。那会儿，电视机是紧俏的家用电器，一个村子里只有两台，还都是黑白的。自从一向节俭的父母将那台"黄河牌"黑白电视买回来，家里立刻变得热闹起来。彼时，乡村的文化生活太匮乏了，能从电视里看到外面精彩的世界，简直算得上是一件幸福得要放声歌唱的美事了。从早上电视一打开，直到打出"谢谢收看"四个字，电视上出现一片雪花，左邻右舍来家里看电视的男女老幼，总是络绎不绝。

看电视的最佳位置，便是坐在炕沿上，坐着舒服，不远不近，看得不累。所以，邻居们来了，父母总是热情地将炕沿让给年长者，至于我们这些小孩子，只能站在地上，密密地挤一团，根本不要去想有座位的事。

一次，弟弟早早地占据了炕沿上的一块方寸之地，但没过多久，父亲严厉的眼神，就令他极不情愿地将那块炕沿让给了后院的李婶。弟弟曾私下里抱怨，说让他们来免费看电视就可以了，为啥自家人不能坐炕沿上舒服地看电视呢？父亲没有讲任何开导弟弟的大道理，只反问了一句："既然我们欢迎人家来看电视，为什么不让人家更舒服地看呢？"

多年以后，我和弟弟都懂了父亲的言行，也颇为父亲的选择而骄傲。

炕沿一定还记得我当年的一些小秘密。初二那年，我喜欢上了刚刚从外地转学来的一个叫谢春燕的女孩。情窦初开的少年，从作文本上撕下两页，伏在炕沿上，十分认真地写了一封感动自己的"情书"。然而，我炽烈的表白，没能打动女孩，还惹恼了她，她将我毫不遮掩的心声交给了班主任老师，害得我被母亲狠狠地批评了一顿。

我很受伤，眼泪一滴一滴地滚落到炕沿上，滚落到叫我羞愧万分的检讨书上。后来，我索性就趴到炕沿上，像扑进一个好朋友的怀抱里，一任心中的伤感肆意地流淌。

三十多年后的一天，我在大连邂逅音讯断隔许久的谢春燕。聊到少年时的青涩，两人一起边笑边唏嘘不已。

真好，尘封在青葱岁月里的往事，并未随风飘散，我仍能清晰地记得当年伏在炕沿上写"情书"时热烈的心跳，还有那些纯纯的泪水。

那天，弟弟给我打电话，已从农村搬进省城暖气楼的父母，执意要在室内砌一个炕，还非要镶一条像老家那样的炕沿。因为住惯了有炕沿的火炕，他们在松软的床上总是睡不好觉。

炕沿，承载了父母大半生的情意，怎能轻易地被割掉呢？我赶紧托朋友找来一位好手艺的工匠，帮父母在卧室里砌了一个炕，又特意选了一条上好的柞木炕沿。

抚摸着炕沿那清晰的纹络，不只是能抚摸到呼啸而过的一段旧时光啊。我看到，父母眼睛里流露出孩童般的欢欣，真真的，纯纯的。是啊，那么熟悉的炕沿，正是陪着他们走过风风雨雨的老朋友，最知晓他们经历了怎样的苦辣酸甜。

什么也不用做，只是看着炕沿，曾经的一些美好事物，便会不邀而至，在他们一次次深情的回望中熠熠生辉。他们由此真切地感到，所谓的岁月静好，就是一直都懂得珍惜。

在一个春风飘荡的日子，我回到了久别的故乡，坐在小学同桌家的炕沿上，忆起悠悠往事，我情不自禁地轻轻拍了拍久违的炕沿，仿佛听到了光阴缓缓行走的声音，那么真，那么美，那是今生注定挥不去的怀恋。

原来，炕沿一直都横亘在我的生命里，就像那些看似已渐行渐远的美好，其实一直都深深记得。

岁月静好，只是因为懂得珍惜

崔修建

岁月静好，四个多美的字啊。只轻轻地一念，心头便有挥不去的柔，便有风烟俱净的暖。不知敛去了多少喧嚷与芜杂，才有了那般不徐不急的淡定从容。

秋水共长天一色的松花江畔，金黄色的糖槭树叶在悠悠地滑落，不远处新建的歌剧院正上演一场重现民国风情的话剧。两位鬓发飘雪的老人，手挽着手，伫立在秋风清爽的石阶上，默望着无语流淌的江水，亦是一道别样的风景。

那是五十多年前，他正是鲜花怒马的翩翩少年，怀揣着"好男儿志在千里"的梦，走出遥远的大西北那个贫瘠的小村，风尘仆仆地来到哈尔滨，走进那所当年颇具盛名的军工大学。很快，他就喜欢上了这座充满异国风情的城市，喜欢上了那条石条砌成的百年老街，喜欢上了那些圆顶的教堂和漂亮的欧式建筑，喜欢上了冰雪装扮的与童话世界紧密相连的北国之冬……读书、实习、交友、恋爱，青春如歌，四年的大学生活充实而快乐。

毕业时，本来学校已有意留下学业成绩优异的他当老师，但此刻，他的心已被远方蔚蓝的大海深深吸引，他特别渴望去南方那家著名的造船厂，用双手托起儿时那个耀眼的梦。

只是，他爱上的那个哈尔滨姑娘，已经在省直机关拥有了一份令人羡慕的工作，她的父母也特别希望唯一的女儿能够留在身边。面对师生善意的劝告，面对恋人的热切挽留，他也曾犹豫过，也曾动摇过，但最终他还是选择了远方，离开自己喜欢的城市和心爱的姑娘。

三年后，她还是辞职来到他身边。爱他，是她唯一的理由。

走得匆匆的，或许总是生命中的那些好时光。怎么也不会想到，他们唯一的女儿竟在3岁那年被发现得了自闭症，无法上学，甚至无法照料自己。她只得再次辞了工作，回到家里全身心照顾女儿。

知心朋友好心地劝她："还是趁早放弃吧，他们都还年轻，可以再生一个健康的孩子。"

她坚决不肯："她不幸，我和她爸爸就加倍地爱她。"

有人担忧他们将来都老了，女儿又该怎么办呢？她便一脸淡然道："那我们就努力活得久一些，争取多陪她走一段人生。"

因为那份爱，两个人硬是齐心协力，像照料公主一样照料女儿，眼看着女儿的笑声越来越多，他们像中了大奖一样的开心。也许是他们的努力，连上苍也受了感动，在女儿24岁那年，她的病情居然有了明显的好转，她的绘画作品在国际大赛中获了奖，她竟然可以独自出国去领奖了。

她和他正为女儿欢喜之时，意料之外的厄运又接连袭来——先是她被确诊得了乳腺癌，刚刚做完手术不久，他也被告知肝部发现了肿瘤，切除了两次，还是没能阻挡住癌细胞的再生。他笑着安慰她:"这纯粹是要考验我的意志力啊,我可不能做一个弱者,我还要给女儿当一个勇敢的父亲。"她握着他的手,仿佛在说着别人的故事:"我们一家三口,好好地活,每一天,美一天。"

不久,提前病退的他,带着她和女儿又回到了黑龙江。他们在松花江畔一个小渔村租住了两间小房,房前种花,房后种菜,屋内有一口压水井,清凉的地下水,有丝丝的甜润,那是他们自豪的琼浆玉液。

阳光明媚的日子里,她陪着女儿到江边绘画,天高云淡,芦苇随风起舞,鸟鸣啾啾,人在画中徐徐行;他像一个勤快的农夫,精心伺候那些长势喜人的瓜果蔬菜,偶尔和那条大黄狗聊聊天,有时也会捧起一本现代派小说,慢慢地翻阅。

夜幕降临时,一家三口先互相讲述一天里遇见的开心事,然后各忙各的——女儿埋头画画,她绣那幅很有挑战意味的《清明上河图》;他沉浸在文字的海洋中,欢快地书写着自己的人生感悟……

作家张爱玲所渴慕的"岁月静好,现世安稳",该是怎样一幅美好的画面呢?无须放飞想象,只需看一看他们一家人怎样将一份平常的日子,过得那样津津有味,过得那样活色生香,便会蓦然发觉——岁月静好,就缓缓地流淌在无比的珍惜中。就像花若盛开,蝴蝶自来,懂得珍惜,自然就少不了静好的光阴。

懂得珍惜,是知晓也许命运最终也无法改变,但完全可以用一种好心态去对待命运,纵然世界以痛吻自己,也要微笑着回报以歌。至于上苍所赐予的一些不如意,不是要让自己去抱怨的,而是让自己去珍惜的。因为珍惜,坎坷会被踩碎,忧伤会被抚平,苦难将凋零,不幸将走远,每一个凡俗的日子,都因一份发自肺腑的珍惜,陡然多了一些诗意的东西,值得好好品味,值得好好收藏。

飘雪的冬日,读诗人路也那首温暖心灵的小诗《抱着白菜回家》,我不由得想象飞翔——诗人顶着纷纷扬扬的雪花,抱着一棵健康、饱满的白菜,穿过喧嚷的车流人流,欢欣地朝家里走去的情景,该是多么美的一幅素描啊,浓郁的人间烟火味里,铺展着无尽的爱恋与珍惜,柔柔的、美美的,触手可及。

那天,与一位刷墙的农民工聊天,静候雇主的他,一脸幸福地告诉我:他春天播下种子,就进城打工了,妻子一个人在乡下就能照料好30多亩庄稼,他打工虽然辛苦,但一年攒下的钱,估计够儿子上大学一年的费用了,好在这小子从小就懂得父母的辛苦,极少补课,学习成绩还在班级里始终名列前茅。他很知足地说,他现在过的就算是好日子了——心里有盼头,肯出力就有收获。

闲聊时,暖暖的阳光照在绛紫色的脸上,我看到了一种令人感动的珍惜。

岁月静好,老家的木门上,还贴着一幅手书的对联,风雨已让红纸褪了颜色,墨色也淡了些许的字,但仍闪着一见如故的神韵,自然、亲切。真想扑过去,轻轻地唤一声:好好珍惜吧,无论是旧时光,还是崭新的日子。

那年夏天的红豆冰

积雪草

那年夏天，天气似乎特别热，又闷又湿，蝉在树上拼命地叫，仿佛世界末日一般。天上没有一丝云彩，空气中涌动着热浪，一波一波，只觉得人都站立不稳，心里燥得发慌，没多大一会儿工夫，额头上便会渗出一层细密的小汗珠。

学校一放假，她就收拾了简单的行装，立刻踏上了一辆绿色的铁皮火车，奔赴远在千里之外的一个海边小镇，那里有她的外婆在等她。

火车晃晃悠悠，她买到的又是站票，站在过道里，忍受着来来往往的旅客，看着三毛的散文，她的内心居然平和了下来，像激昂的音乐，忽然就舒缓了。

外婆家所在的那个海滨小镇，是梦境一般的地方，像诗一样浪漫，像名信片一样唯美，像音乐一样清凉。一望无际的大海，蔚蓝深邃，深不见底，充满神秘。白云在天上悠悠飘过，她就在海边那艘被废弃的旧木船上看书，读三毛的游记，读勃郎宁的十四行诗。年少的情怀，纯净美好，眼睛里都是纯粹和清澈。

那天早晨，她从外婆家出来，站在花架底下看那些花儿，木槿的拙朴，美人蕉的妖娆，茉莉的恬香，睡莲的妩媚……

外婆是一个爱花的人，她亦如此，看得如醉如痴时，不知道从哪里窜出来一只大黄狗，健硕，高大，朝她狂吠起来。她吓得大惊失色，紧紧攥住手中的书，绕过那些花儿，朝海边撒丫子狂跑。

一个男孩从花架后面转出来，朝大黄狗摆手，可是大黄狗根本不听，疯了似的，一个劲地追她。她一口气跑到海边，在老木船的旁边，她被一块石头绊倒了。好在是软软的沙滩，膝盖上只是沾满了一些细小的沙粒。可是她的书，三毛的书，被涨潮的海水带走了……

惊吓、恐惧、屈辱，眼睁睁地看着那本心爱的三毛散文集被海水越冲越远，她难过得掉下了眼泪。泪眼模糊中，她转回头，看见男孩牵着他的狗，站在不远处静静地看着她笑。

她的内心充满了愤怒，她想冲过去质问男孩，为什么没有看住自己的狗，可是她不敢，她害怕那只虎视眈眈的大黄狗再次袭来。

后来，她在那艘废弃的旧木船上看书时，总会不自觉地想起那个男孩子，看上去一个很善良的少年，他的狗虽然没有伤到别人，但却吓到了别人，可是他却连一句道歉的话都没有，真是一个自私自大的人，这样一想，她的心里又有些生气，蓝天、白云、大海、鸥鸟低回盘旋，远处的树兀自突兀，可是她的心就是平静不下来。

有一天，她正在那艘旧木船上做梦，梦想着自己也像三毛那样浪迹天涯，一睁眼，忽然看见那个少年怔怔地站在旧木船旁边，两只手里捧着一根小木棍，傻傻地看着她笑。

她左看看，右瞅瞅，发现那只大黄狗并没有在他身边，于是胆子大了起来，走到男孩身边，左三圈右三圈围着他转。小镇上的孩子，衣着淳朴，笑容透明，哪见过她这样大胆不知道羞怯的女孩？他低下头，用脚指头在沙滩上画着圈圈。

她笑了，说："举着个小木棍跑到我这里干吗？又不是白旗，做错了事情不认错，还这样理直气壮，以后别再让我见到你和你的狗。"

男孩依旧没有说话，脸上的笑容变成红窘，转身跑了，他的身后，留下她一串银铃般的笑声。

隔天，少年又跑来了，额头上满满都是汗水，手里捧着一根红豆冰，这一回她看清楚了，是红豆冰，他紧紧握着那根红豆冰上的小棍，融化的冰水顺着他手指往下淌。

他拣了一根长棍子，在沙滩上写下几个字：姐姐，大黄错了，我替它向你道歉。他把那支融化了的红豆冰塞进她的手里，转身跑了。

她仍然有些气不愤，不说话，只写字，那算什么？道歉吗？一点诚意都没有。

她愤愤不平地和外婆说起这件事，外婆说，他呀，根本就不会说话，听说小时候发烧，烧坏了。

她听了，忽然有些喘不过气来，站在花架下，发了半天的呆，原来所有的事情并不是自己一厢情愿所想象的那样。

时光流转，多年后，她吃过各种各样的冰淇淋，香草的、巧克力的、抹茶的、草莓的……可是，再好吃的冰淇淋都没有那年夏天吃过的红豆冰凉爽香甜,都没有那年夏天吃过的红豆冰印象深刻。